기회를 파는 소녀

| 김수정 지음 |

"만약 당신에게 기회가 한 번 더 주어진다면, 이번에는 올바른 선택을 할 수 있나요?"

"이봐, 학생!"

언젠가부터 이곳 신림동에 이상한 소문이 돌기 시작했다.

이 동네 학교 교복이 아닌 교복을 입고 돌아다니는 수상한 여고생이 사람들에게 웬 유리구슬을 나누어 주며 기회를 판다는 것이다.

가지런한 단발머리에 짙은 눈썹, 단정한 교복을 입은 여고생은 책가방도 없이 구슬이 담긴 주머니 가방 하나만 크로스로 맨 채 거리를 활보하며 사람들에게 이렇게 묻는단다.

"너 혹시 되돌리고 싶은 순간이 있니? 만약 너에게 기회가 한 번 더 주어진다면 간절하게 바꾸어 버리고 싶은 그런 순간 말이야."

기회를 파는 소녀

여고생의 소문을 듣고 기회를 구입하고자 찾아 나선다 해도 그 아이를 만날 수 있다는 보장은 없다. 하지만 머릿속으로 생애 가장 후회되는 단 한 순간을 곰곰이 곱씹는다면 마치 당신의 생각을 읽기라도 한 듯 그 아이가 먼저 눈앞에 나타날 것이다. 여고생의 정체에 관해서는 이름도 나이도 학교도……, 그 어떠한 것도 제대로 알려진 바가 없다. 사실은 여고생이 아닐 수도 있다느니, 이 지역 사람이 아니라는 등의 가벼운 소문과 사기를 치고 도주 중인 범죄자라느니, 영혼을 훔쳐 가는 악마의 하수인이라느니 등의 허무맹랑한 소문들이 뒤섞여 마치 도시괴담처럼 이 동네 하굣길 아이들의 입에 오르내리며 소문의 몸집은 커져만 갔다.

사람은 누구나 살면서 후회되는 순간이 있다. 그것은 인생에서 잘못된 선택을 했을 때일 수도, 부끄러운 실수를 했을 때일 수도 있을 것이다. 문제는 대부분의 사람들이 그런 순간을 마음속에 꾹꾹 담아 둔 채 끊임없이 스스로를 자책하며 살아간다는 것이다.

"만약 당신에게 기회가 한 번 더 주어진다면, 이번에는 올바른 선택을 할 수 있나요?"

인생을 수정할 수 있는 단 한 번의 기회를 파는 수상한 여고생을 만나게 된다면 당신은 과연 어떤 순간으로 돌아가고 싶은가?

차례

2부

영주의 머핀 케이크

3교시 쉬는 시간 종이 울림과 동시에 앞자리 희재가 뒤돌아 제게 물었습니다.

"영주야, 금요일 저녁에 학원에서 세희 생일파티 있는 거 알지?"

"그럼! 벌써부터 너무 기대된다! 그치?"

"선물은 준비했어?"

"비밀!"

이제 곧 15번째를 맞이하는 세희의 생일파티를 위해 학원 친구들끼리 서프라이즈를 준비하기로 했습니다. 세희는 중학생이 되어서 사귄 친구입니다. 1학년 때도 같은 반이었지만, 그때는 그리 친하지 않았어요. 그냥 반에서 서로 인사만 주고받는 사이였거든요. 제게는 초등학생

기회를 파는 소녀

때부터 늘 붙어 다녔던 단짝 친구 다연이가 있었기 때문에 다연이 이외의 친구는 무리해서 사귀지 않았습니다. 그러다 중학교 1학년 겨울방학 때 학원에서 세희를 만나게 되었고, 그때부터 우리는 급속도로 친해지기 시작했어요. 학교에 가지 않는데도 일주일에 세 번, 월, 수, 금 꼬박꼬박 학원에서 만나다 보니 그 무렵에는 다연이보다 세희랑 더 가깝게 지냈던 것 같아요. 여름 방학 때는 다연이랑 동네에서 자주 만났지만, 겨울 방학 때는 아무래도 바깥에서 노는 게 마땅치 않다 보니 다연이의 영역에 자연스럽게 세희가 채워졌달까요? 날이 아무리 추워도 학원은 가야 하니까요.

중2 개학식 날, 다연이와는 반이 갈라졌으나 세희와는 2년 연속 같은 반이 되었습니다. 솔직히 다연이와 다른 반이 되어 아쉬운 것보다 세희와 같은 반이 되었다는 사실이 더 기뻤어요. 사실 세희는 인기가 많은 친구였거든요. 학원에서는 항상 둘이서 붙어 다녔지만, 개학을 하고 보니 세희의 인기가 더욱 실감이 났습니다. 저와 세희가 작년과는 달리 친하게 지내는 것을 본 다른 친구들이 덩달아 저희 학원을 등록했을 정도였어요. 그렇게 저희 반에는 총 5명이 같은 학원을 다니게 되었습니다.

1학기 중간고사가 끝나고 얼마 뒤 세희의 생일이 다가왔고, 주말에 생일이 낀 세희를 위해서 학원 친구들은 금요일 수업이 있는 날, 다 함께 학원 강의실에 조금 일찍 모이기로 했습니다. 당연히 학원 선생님한테는 미리 양해도 구했고요.

"엄마, 내일 학원에서 세희 생일파티를 하기로 했는데……. 어떤 선물이 좋을까?"

"이번 주가 벌써 세희 생일이니?"

딸이 중간고사 기간 내내 공부는커녕, 온통 친구의 생일에만 정신이 팔려 있던 걸 지켜본 엄마는 훌쩍 다가온 세희의 생일이 아마 큰 행사처럼 느껴지셨을 거예요. 아, 저는 엄마와 단둘이 살고 있습니다. 엄마는 프리랜서 디자이너예요. 어린 시절 아빠와 이혼한 엄마는 줄곧 혼자서 저를 키우셨어요. 그래서인지 저는 엄마와 사이가 굉장히 좋은 편입니다. 저한테는 엄마가 베스트 프렌드나 다름없거든요. 친구들은 엄마한테 혼난 다음 날 교실에 와서 온종일 엄마를 욕하곤 하던데, 저는 친구들의 그런 모습이 잘 이해되지 않았어요. 어떻게 엄마가 미울 수 있죠? 저는 더 이상 얼굴조차 기억나지 않는 아빠가 훨씬 미웠어요. 이혼 직전까지 엄마를 괴롭혔던 할머니는 더 미웠고요. 이런 내용을 어린 제가 어떻게 아냐고요? 외할머니가 가끔 엄마 몰래 이런저런 이야기를 들려주셨거든요. 그래서 저는 늘 생각했어요. 나중에 크면 돈 많이 벌어서 꼭 우리 엄마 호강시켜 드려야겠다고, 죽을 때까지 엄마랑 살 거라고요.

엄마는 세희가 중학생이 되어 처음 사귄 특별한 친구인 만큼 남다른 선물을 한번 준비해 보는 게 어떻겠냐고 하셨어요. 그 순간 문득 제 머릿속엔 엄마와 함께 주말에 종종 만들었던 머핀이 떠올랐어요. 머핀을 탑처럼 쌓아 생일 케이크를 만들면 근사하겠다고 생각했죠. 엄마도 너무나 멋진 생각이라며 곧바로 함께 마트에 가서 신나게 카트 한가득 재료들을 담았습니다. 박력분과 코코아가루, 그리고 베이킹파우더와 설탕을 고른 뒤 계란과 우유, 버터를 신중하게 골랐습니다. 평소에는 행사 제품 위주로 담았는데, 오늘만큼은 평소 눈길조차 주지 않았던 고급 재료 위주로 담았어요. 아무렴 베프 세희의 생일 케이크인데, 싸구려 재료로 만들 순 없잖아요? 엄마는 마트에 온 김에 장을 함께 보셨고, 저는 다른 날 같았으면 엄두 내지 않았을 초밥 코너로 은근슬쩍 카트를 밀었습니다. 엄마는 그런 제 마음을 눈치챈 듯 슬며시 초밥을 카트에 담으셨어요.

집으로 돌아와 엄마와 함께 밤새 머핀을 만들었습니다. 머핀 케이크를 만들려면 머핀이 최소한 14~15개는 필요했어요. 9구짜리 머핀 틀로 총 2번을 구웠고, 가장 예쁘게 구워진 머핀을 골라 맨 아랫단에는 9개, 2층에는 4개, 3층에는 1개를 올렸습니다. 마지막으로 생크림을 둘러 머핀 케이크를 완성했어요. 초콜릿 시럽으로 '세희야, 생일 축하해!'라는 멘트를 멋지게 쓰려 했는데, 그만 글씨가 삐뚤어졌지 뭐예요. 엄마는 속상해하지 말라며, 틀림없이 세희는 이걸 받으면 굉장히 기뻐할 거라면서 저를 위로해 주셨어요.

다음 날, 학교 수업을 마친 뒤 집으로 돌아와 냉장고에 들어 있던 케이크 상자를 꺼내 열어 보았더니, 다행히 케이크는 어제 모습 그대로를 유지하고 있었어요. 실은 혹시라도 무너졌을까 수업 내내 불안했거든요.

"학원까지 잘 들고 갈 수 있겠어?"

"사실 좀 불안해. 가다가 케이크가 무너지면 어떡해?"

"엄마가 학원까지 차로 실어다 줄까?"

"정말? 엄마가 나 오늘 학원 태워다 줄 수 있어?"

"우리 딸이 그렇게 좋아하는 세희라는 친구 얼굴도 볼 겸, 엄마가 태워 주지 뭐!"

엄마 차로 학원에 가는 내내 얼마나 설렜는지 모릅니다. 케이크를 받고 기뻐할 세희의 표정을 상상하니 절로 입꼬리가 올라갔어요. 세희가 얼마나 기뻐할까요? 다른 친구들은 아마 평범한 선물들을 준비해 왔겠죠? 저처럼 직접 만든 머핀 케이크를 준비한 친구는 없을 테니까요. 그럼 저는 슬쩍 손가락으로 생크림을 찍어서 세희 코에 찍어 줄 거예요. 그 모습을 찍어서 SNS에 올리면 아마 전교생이 다 저랑 세희가 친하다는 걸 알게 될 거고요.

"엄마, 부탁이 하나 더 있는데……. 내가 케이크를 들고 강의실에 들어가는 순간을 동영상으로 남기는 건 어떨까?"

"좋은 생각이야. 엄마가 예쁘게 찍어 줄게!"

친구들에게 도착 문자를 보낸 다음, 저는 엄마와 함께 학원 계단에서 케이크에 초를 꽂았어요. 그리고 곧 케이크를 들고 세희가 기다리고 있는 강의실을 향해 다가갔습니다. 강의실 문 너머로 친구들의 수다 소리가 들려왔고, 동시에 제 심장도 요동을 쳤습니다. 다연이 이외의 친구 생일파티도 처음이었을뿐더러, 아마 오늘부로 저와 세희는 더

욱더 가까워질 테니까요.

"세희야, 생일 축하해!"

세희가 눈을 동그랗게 뜨고 저와 케이크를 번갈아 바라보았어요. 엄마는 뒤에서 그 모습을 동영상으로 찍고 계셨죠. 곧 "네가 세희구나, 영주한테 얘기 많이 들었어."라는 엄마의 목소리가 동영상에 들어가 버렸지 뭐예요. 저는 입술에 손가락을 가져다 대며 "아! 엄마, 쉿! 동영상!"이라고 외쳤죠.

그런데 뭔가 분위기가 이상했어요. 세희가 애매한 표정으로 케이크를 받더니 그대로 책상에 내려놓는 것이 아니겠어요?

"영주야, 고마워. 와……. 생크림 좀 봐……. 이거 다 먹으면 살 엄청 찌겠다……."

세희의 말이 끝나기도 전에 친구들이 키득거리기 시작했어요. 그제야 책상의 다른 선물들이 눈에 들어오더군요. 백화점 핸드크림, 향수, 브랜드 귀걸이 등……. 순간 얼굴이 빨개졌습니다.

"어머님, 감사해요. 케이크 잘 먹을게요."

그래도 세희는 예의를 갖춰 엄마에게 인사를 했고, 그 순간 엄마 역시 친구들의 반응에 당황함을 감추지 못한 듯 "어……, 그래……. 생일 축하한다……. 우리 영주랑 잘 지내 줘서 고맙고……."라며 결국 말끝을 흐리셨어요.

저는 그동안 다연이 말고 친구 생일파티에 초대된 적이 없어서 친구끼리 어떤 선물을 주고받는지 잘 알지 못했어요. 저랑 다연이는 주로 유명 문구점에서 파는 다이어리라든가, 조그만 파우치 같은 걸 주고받았거든요. 하긴 그때는 초등학생 때였고, 지금은 중학생이니……. 선물도 업그레이드되어야 하는 건데, 제 생각이 너무 짧았습니다. 그날 저는 학원 수업을 마친 뒤, 집으로 돌아와 침대에 얼굴을 파묻은 채 엉엉 울면서 엄마한테 처음으로 악을 썼어요.

"창피해! 창피해 죽을 것 같아! 엄마는 내가 머핀 케이크 만든다 그랬을 때 왜 거들었어!"

"엄마 때랑은 세상이 많이 달라졌다는 걸 미처 생각을 못 했어……. 엄마 때는 직접 뜬 목도리라든가……. 그런 걸 선물로 주고받았거든."

"목도리 같은 걸 요새 누가 직접 떠! 촌스럽게! 이게 다 엄마 때문이야!"

엄마 잘못도 아닌데, 세희랑 서먹해졌다는 사실에 저는 어디든 화풀이할 곳이 필요했습니다. 아까 학원에서 세희는 손목에 향수도 뿌려 보고, 그 자리에서 바로 귀걸이도 착용했지만……. 머핀 케이크는 맛도 보지 않았어요. 같이 수업 듣는 친구들에게 하나씩 나누어 주어 케이크는 전부 소진되었지만, 정작 세희는 제 선물을 사진조차 찍지 않았어요.

시간이 훌쩍 흘러 어느새 2학기 기말고사가 다가왔고, 겨울 생이었던 다연이의 생일도 함께 다가왔습니다. 올 한 해 다연이와 반이 갈라지면서 예전만큼 가깝게 지내지는 못했지만, 그래도 생일을 건너뛸 정도로 사이가 서먹해진 건 아니었어요. 자신의 생일을 며칠 앞둔 어느

기회를 파는 소녀

날, 점심시간에 다연이가 저희 반으로 건너왔고, 마침 비어 있던 제 앞자리에 뒤돌아 앉아 저에게 말을 걸었어요.

"나 곧 생일임."

"당연히 알지~!"

"난 또 까먹은 줄? 영주, 너 요새 너무 연락 안 하는 거 아님?"

"그거야 반이 갈라졌으니까……."

"야, 우리 초등학교 6년 중 4년이 다른 반이었거든?"

생각해 보니 그때는 같은 반도 아닌데 매일 등하교도 같이하고, 쉬는 시간마다 다연이네 반으로 놀러 가곤 했어요. 그랬던 우리 사이에 반이 달라져서 사이가 소원해졌다는 건 핑계나 다름없었죠.

"그랬나……. 암튼 올해도 생일 선물은 안 까먹고 챙겨 줄 거니까 걱정 마!"

"선물을 벌써 샀어?"

"아직……. 주말에 사려고……."

"잘됐다! 아직 내 선물 안 산 거지? 그럼 나, 받고 싶은 거 있는데 말해도 돼?"

"받고 싶은 거……?"

저는 순간 멈칫하지 않을 수 없었어요. 다연이가 대놓고 선물을 요구할 줄은 몰랐거든요. 중학생이 되면서 변한 건 저뿐만이 아니었던 거예요. 순간 피식 웃음이 나더라고요. 다연이는 과연 제게 어떤 걸 요구할까요? 브랜드 립글로스? 한정판 텀블러? 어쩌면 이런 게 당연한 건데, 1학기 때의 지난 제 모습이 굉장히 부끄럽고 우습게 여겨졌어요. 들뜬 표정으로 머핀 케이크를 들고 학원에 들어서던 그 순간은 정말이지 제 인생에서 영원히 지우고 싶은 순간이 되어 버렸거든요.

"너 옛날에 종종 너희 엄마랑 같이 만들었던 초코머핀! 나 그거 만들어 주라!"

"뭐……?"

당연히 잘못 들었다고 생각했어요. 생일 선물로 머핀이라뇨…….

"영주, 너 예전에는 자주 만들었던 것 같은데, 요새는 통 안 만들더라? 나 요 며칠 그게 너무 생각나는 거야~!"

"무…… 무슨 말도 안 되는 소리야? 생일 선물로 머핀 따위가 말이 돼?"

"머핀이 어때서?"

"아니……, 그래도 생일 선물인데, 향수라든가……, 브랜드 귀걸이라든가……."

"뭐? 야, 우리 중학생이야! 향수는 무슨 향수야!"

다연이의 언성이 올라가자 교실 안에 남아 있던 다른 친구들의 시선이 느껴지기 시작했어요. 심지어 매점을 다녀온 듯한 세희가 친구들과 무리 지어 뒷문으로 들어오고 있었죠. 저는 이런 대화를 절대로 세희가 듣게 할 수 없었어요. 다연이로 인해 저까지 궁상스럽다고 싸잡힐 테니까요. 재빨리 다연이의 손을 잡아 이끌고 교실을 벗어나 우리는 운동장 벤치로 향했어요.

"다연아, 열다섯 살 생일에 받고 싶은 게 정말 그거야? 난 너한테 훨씬 더 좋은 거 선물해 줄 수 있어!"

"네가 무슨 돈이 있어서? 그리고 그게 영주 네 돈이야? 그건 너네 엄마 돈이잖아……."

"그동안 선물했던 다이어리 같은 것들도 다 엄마 돈으로 샀거든?"

"적어도 그 선물엔 네 마음이 들어 있었잖아. 향수에 네 마음이 있어?"

세희의 머핀 케이크에는 분명 제 마음이 한가득 들어 있었어요. 하지만 세희는 전혀 기뻐하지 않았죠. 그런데 제 마음 따위가 뭐가 중요하죠? 세희는 향수와 메이커 귀걸이를 받고 훨씬 기뻐했어요. 중요한 건 마음보단 금액이잖아요?

"만들기 귀찮은 거면 어쩔 수 없는데, 난 네가 만든 머핀 아니면 그다지 기쁠 것 같지 않아. 그냥 올해 생일 선물은 넘어가도 괜찮으니까, 못 들은 걸로 해 줘."

"정말……, 정말 그거면 돼?"

"진짜로 만들어 줄 거야? 실은 우리 엄마한테 내가 몇 번이나 만들어 달라고 했는데, 우리 엄마 꺼는 도저히 그 맛이 안 나는 거야! 사실 우리 엄마는 요리 진짜 못 하거든."

"알았어……. 그럼 주말에 머핀 만들어서 너희 집으로 갈게."

"아싸! 쭈~ 고마워!"

다연이의 말은 과연 진심이었을까요? 저는 여전히 잘 모르겠습니다. 그보다 엄마한테는 뭐라고 말을 꺼내야 할까요?

집으로 돌아와 곧장 방으로 들어갔습니다. 그날 이후 아직까지 엄마랑 어색했던 건 아니에요. 당시 며칠 정도 짜증을 내다 이내 다시 엄마랑은 사이가 좋아졌습니다. 엄마는 또 친구 생일파티에 초대될 일이 있으면 그때는 꼭 백화점에서 선물을 사다 주겠다며 저를 달래 주셨거든요. 그래서 이번에 다연이한테 큰소리를 뻥뻥 쳤던 거고요. 차라리 백화점 선물을 사다 달라는 말은 쉽게 꺼낼 수 있을 텐데……. 또 한 번 함께 머핀을 만들자는 얘기는 차마 입 밖으로 안 떨어지더라고요. 사실 전 그날 제가 당한 망신보다 엄마의 표정이 더 잊히지 않았어요. 자식뻘 되는 아이들한테 비웃음당하던 엄마의 표정이 두고두고 머릿속에서 떠나질 않았습니다. 엄마는 내색하지 않으셨지만, 우리는 그날 이후 단 한 번도 머핀을 만들지 않았어요.

엄마는 제가 이혼 가정의 아이라는 소리를 듣게 하지 않기 위해서 저한테 모든 걸 다 해 주시려고 애쓰셨어요. 엄마의 사랑은 금전적인 지원보다는 정신적인 면이 훨씬 앞섰죠. 저는 성장하는 동안 단 한 번도 애정결핍이라든가, 아빠의 빈자리 같은 걸 느껴 보지 못했어요. 그랬던 엄마의 초라한 모습이 그날 제 머릿속에는 너무나 잔인하게 각인되어 버렸습니다.

"엄마."

"응, 영주 왔니?"

"혹시 이번 주말에 같이 머핀 만들 수 있을까?"

엄마가 일순간 당황하는 게 보였어요. 엄마는 지금 어떤 기분일까요?

"갑자기 웬 머핀?"

"곧 다연이 생일인데⋯⋯."

"아! 벌써 다연이 생일이구나! 그럼 백화점에 생일 선물 사러 가야 겠네!"

"다연이가⋯⋯, 엄마가 만든 머핀이 먹고 싶대."

"그래? 다연이 엄마가 얼마 전에 머핀 레시피 물어보시던데, 잘 안 됐나 보네⋯⋯."

"다연이가 그러는데, 다연이네 엄마 요리 엄청 못 하신대⋯⋯."

엄마와 저는 잠시 멈칫하다 둘이 동시에 피식 하고 웃어 버렸습니다. 그 순간, 반년 전 바로 이 주방에서 엄마와 함께 세희의 생일 머핀을 만들었던 순간이 떠올랐어요. 그때 엄마랑 저는 굉장히 들떠 있었거든요. 저는 직접 만든 케이크를 받고 기뻐할 세희의 얼굴을 떠올리며 설레었고, 아마도 엄마는 그런 저를 보면서 설레셨을 거예요. 생각해 보니 다연이 말이 맞네요. 향수에는 제 마음을 담을 수 없어요.

"그럼, 오랜만에 엄마가 실력 발휘 한번 해 볼까?"

"엄마, 이번에는 다른 맛도 해 보자! 초코머핀도 좋은데, 좀 색다른 맛도 도전해 볼래!"

"블루베리머핀 어때?"

"좋아! 다연이 블루베리 엄청 좋아해!"

주말에 엄마와 함께 머핀을 만들면서 떠올렸어요. 행복한 얼굴로 한 입 가득 머핀을 베어 물 다연이의 표정을. 그때와는 다른 확신이 있었죠. 적어도 이번 생일 선물은 주인공의 요구가 명확했으니까요. 생각해 보면 다연이는 제가 만든 수제 초콜릿이라던가, 쿠키 같은 걸 굉장히 좋아했어요. 솔직히 시중에서 파는 것만큼 맛이 있었을 리가 없는데 말이죠. 다연이는 마음의 가치를 아는 친구였어요.

갓 구운 따끈따끈한 머핀을 하나하나 예쁘게 포장했어요. 그렇게 포장한 머핀을 상자에 담아 리본을 묶어 다연이네로 향했죠. 다연이네 동네로 걸어가는 동안, 불현듯 세희가 미워지기 시작했어요. 세희는 왜 그때 제 마음을 알아주지 않았을까요? 세희는 왜 하필 그날 우리 엄마도 있는데 그런 표정을 지었을까요? 만약 다시 그때로 돌아갈 수만 있다면, 저는 절대 세희에게 머핀 케이크 같은 건 만들어 주지 않을 거예요.

"이봐, 중학생!"

"저요?"

"그래, 너."

"누구세요?"

"너 혹시 되돌리고 싶은 순간이 있니?"

"언니는 누구세요?"

"음…… 기회를 파는 사람이랄까?"

"기회를……, 팔아요?"

"살면서 가장 후회되는 순간으로 시간을 되돌려 주는 거지."

"언니, 어디 아파요?"

"아, 이래서 요즘 애들이란……."

"저랑 몇 살 차이 안 나 보이는데……. 그보다 처음 보는 교복인데, 언니 어디 고등학생이에요?"

"궁금한 게 많은 친구네? 너야말로 지금 어디 가는 길이니?"

"친구네 가는 길이에요. 근데 언니는 주말에 왜 교복을 입고 있어요?"

누가 봐도 수상한 상황이기는 했다. 주말에 교복 입은 여고생, 그리고 기회를 판다는 둥 헛소리까지……. 하지만 영주는 곧 무언가에 홀린 듯 소녀의 동공에 시선을 고정하며 대답했다.

"근데 저 후회되는 순간이 있긴 있어요."

"그래? 만약 너에게 기회가 한 번 더 주어진다면, 이번에는 올바른 선택을 할 수 있겠어?"

"당연하죠! 다시 그때로 돌아갈 수만 있다면……. 절대로 우리 엄마가 그런 표정을 짓게 하지 않을 거예요."

"그럼, 언니가 너한테 바로 그 기회를 팔게. 자, 손 한번 내밀어 볼래?"

"이렇게요?"

여고생은 계란보다 조금 작은 투명한 유리구슬을 영주의 손바닥에 올려놓았다.

"이 구슬을 보면서 네가 되돌리고 싶은 순간을 떠올리렴. 그럼 아마 구슬 안에 그때의 모습이 영상으로 비치기 시작할 거야. 그때 구슬을 쥐면 된단다."

"구슬값은 얼마인가요?"

"음……. 그 머핀을 내게 줄래?"

"예? 이건 제 친구 생일 선물인데요?"

"어차피 시간을 되돌리면 또 만들 수 있잖아?"

"아, 그러네요. 그럼, 여기요."

영주에게 구슬을 건넨 여고생은 머핀 상자를 들고 골목길로 홀연히 자취를 감추었다. 영주는 구슬을 보면서 그날을 떠올렸고, 곧 그날 학원 강의실에 들어서기 전 영상이 구슬 안에 떠올랐다. 구슬을 쥐자 어느새 손바닥 안의 구슬이 연기를 뿜으며 녹아 버렸다. 그때 골목길을 걷던 여고생이 영주가 서 있던 길을 되돌아보며 중얼거렸다.

"아, 그 얘길 깜빡했네. 다른 선택을 한다면 기존의 모든 기억을 잃겠지만, 같은 선택을 한다면 모든 것을 기억할 수 있다는걸."

학원 앞, 엄마의 차 안에서 머핀 케이크를 들고 내리려던 찰나, 영주는 갑자기 무슨 생각에서였는지 지금 당장 가장 가까운 백화점으로 가 달라고 요구했다.

"엄마, 빨리! 백화점에서 세희 선물 사야 해!"

기회를 파는 소녀

"선물이라니? 세희 생일 케이크는 어쩌고?"

"이런 건 선물이 아니잖아!"

마치 데자뷔처럼 불현듯 세희의 난감한 표정이 영주의 머릿속을 스쳤다. 왜인지 이대론 학원에 들어가면 안 될 것 같았다.

엄마를 닦달해 백화점에 도착한 영주는 1층 화장품 매장에서 학교에서 걸리지 않을 정도로 반짝이는 립글로스를 집어 직원에게 포장해 달라고 했다. 시간이 촉박했던 터라, 엄마는 갑작스런 영주의 변덕에 별다른 실랑이를 하지 않았다.

"엄마가 케이크 들고 강의실로 같이 가 줄까?"

"아니! 이 케이크는 그냥 집으로 도로 가져가 줘. 선물은 이걸로 충분할 것 같아."

영주가 백화점 쇼핑백을 흔들며 대답했다.

"우리 딸이 밤새 정성껏 만들었는데, 세희한테 케이크 보여 주지도 않을 거야?"

"아, 엄마! 요즘 누가 이딴 선물을 받고 기뻐해!"

순간 엄마의 얼굴에 서운함이 스쳤지만, 영주는 미처 그것을 살피지 못했다. 엄마를 집으로 보낸 뒤 백화점 쇼핑백을 등 뒤로 숨겨 강의실로 향하자 영주의 가슴이 두근두근 뛰기 시작했다. '생일 선물로 백화점 립글로스를 건네면 틀림없이 세희가 기뻐하겠지? 머핀 케이크 따위와는 아마 비교도 되지 않을 거야!'라고 생각하며 영주는 강의실 문을 활짝 열었다.

"세희야! 생일 축하해!"

"왜 이렇게 늦었어! 곧 수업 시작하겠다!"

"선물 사느라 조금 늦어 버렸네~ 미안, 미안! 여기 15번째 생일 선물!"

"우와! 이거 설마 샤인 립글로스야?"

"학교에서 안 걸리게 펄 살짝만 들어간 걸로 골랐어."

"나, 이 브랜드 좋아하는 거 어떻게 알았어! 영주 센스 장난 아닌데?"

그때 구석에 앉아 있던 희재가 영주의 시선에 들어왔다. 희재의 표정이 굳어 있는 걸 발견한 영주는 재빨리 친구들의 선물을 스캔했다. 핸드크림, 향수, 필통……. '필통? 설마 세희 생일 선물로 필통을 사 온 거야?'

영주는 순간 희재가 촌스럽기 짝이 없게 느껴졌다. 난감하다는 듯한 세희의 표정이 그러한 영주의 감정을 더욱 굳어지게 했다. 세희는 선물 하나하나를 찍어서 SNS에 올렸지만, 희재의 필통은 찍지 않았다. 영주의 선물은 세희의 SNS 첫 번째 사진으로 올라갔다. 영주는 세희와의 우정이 전보다 훨씬 더 돈독해짐을 느꼈다.

집으로 돌아온 영주는 오늘 세희가 백화점 립글로스를 받고 얼마나 기뻐했는지, 엄마에게 미주알고주알 떠들기 시작했다. 세희의 SNS를 엄마에게 보여 주며 희재의 필통은 사진조차 찍히지 않았다며 희재를 조롱했다.

"아니 글쎄, 생일 선물로 필통을 사 왔지 뭐야?"

기회를 파는 소녀

"필통이 뭐 어떻다고 그러니…….”

"엄마! 요새 애들은 기본이 백화점이야!”

"며칠 전에 전화로 희재 엄마가 그러더라. 희재가 세희 생일 선물 사려고 세뱃돈 모아 둔 저금통을 처음으로 깼다고…….”

"그게 뭐야……. 나처럼 그냥 엄마한테 백화점에서 사 달라고 하면 되지.”

"영주야, 선물이라는 건 마음을 담아서 주는 거야.”

"엄마, 세희가 과연 저 머핀 케이크를 받고 기뻐했을까? 오늘 세희는 모든 선물 중에서 내 립글로스를 제일 기뻐했어. 선물은 그런 거 아니야?”

"……그럼, 저 케이크는 어떻게 할 거니?”

"다연이네 갖다주든지~ 걔 단 거 좋아해~!”

그날 이후 영주는 친구들의 생일이 다가올 때마다 엄마를 이끌고 백화점으로 향했다. 메이커 귀걸이, 브랜드 바디워시, 한정판 굿즈 등을 선물했고, 그럴 때마다 친구들은 영주의 선물을 가장 기뻐했다.

다연이의 생일이 다가오자, 영주는 그래도 초등학교 때부터 제일 친했던 동네 베프인데 이번 선물엔 진짜 제대로 힘을 줘야겠다고 생각했다.

"엄마, 곧 다연이 생일인데……. 주말에 백화점에서 미니 클러치백 하나 사다 줄 수 있어?”

"뭐? 학생이 무슨 클러치백이야! 다연이가 클러치백 받고 싶대?”

"당연히 서프라이즈지! 다연이는 내 8년 베프인데 엄마는 그것도 못 해 줘?"

"알겠어……. 엄마가 주말에 적당한 걸로 사 올게……."

영주의 엄마는 영주를 부족함 없이 키우고 싶었기에 딸의 무리한 요구 사항도 최대한 들어주려고 노력했다. 하지만 엄마가 딸에게 채워 주고 싶었던 건 적어도 이런 것들이 아니었다.

영주는 엄마가 사 온 선물을 챙겨 들뜬 발걸음으로 집을 나섰다. 다연이네로 걸어가는 길, 버스 정류장에 웬 여고생 언니가 앉아서 자신을 뚫어지게 바라보고 있었지만, 영주는 그녀의 시선 따위는 전혀 개의치 않았다. 여고생은 머핀을 한 입 베어 물며 골목길로 사라져 가는 영주의 뒷모습을 끝까지 바라보았다.

"머핀 맛있는데……."

다연이네 집 앞에 도착한 영주는 초인종을 누르며 기쁨을 감추지 못할 다연이의 표정을 미리 떠올렸다. 그동안 친구들에게 했던 선물보다는 확실히 좀 더 비싼 선물이었다. 영주는 다연이에게 그 부분을 먼저 설명해야겠다고 생각했다.

"영주야!"

"다연아! 생일 축하해! 짠~! 이거 너 생일 선물!"

그런데 선물을 건네받은 다연이의 표정이 좀 이상했다. 명확히 어떤 표정이었는지는 설명할 수 없지만, 그것은 적어도 영주가 기대했던 표정은 아니었다.

기회를 파는 소녀

"영주야……. 이게 뭐야……?"

"뭐긴 뭐야, 다연이 너 15번째 생일 선물이지!"

"이거 백화점 쇼핑백 아니야……?"

"일단 열어 봐~ 아마 내용물 보면 너도 마음에 들걸?"

"미안한데, 나 이거 안 받을게."

"무슨 소리야……?"

영주는 이 상황이 도통 이해되지 않았다. 어째서 다연이는 영주의 선물을 받고도 다른 친구들처럼 기뻐하지 않는 것인지 그 이유를 알 수 없었다.

"영주야, 우리 이제 고작 중학생이야. 너네 반에 이상한 소문이 도는 걸 듣긴 했는데……. 너랑 생일 전후로 반짝 친하게 지내면 비싼 선물을 받을 수 있다고……. 설마 영주 네가 나한테까지 이럴 줄은 몰랐어."

"그게 무슨 소리야? 너 혹시 이게 얼마짜리 가방인 줄 몰라서 그러는 거야?"

"그만해! 나는 이런 거 하나도 기쁘지 않아!"

영주는 순간 자신의 귀를 의심했다. '이, 런, 거, 라니! 이, 런, 거, 는 머핀 케이크 따위에 하는 말 아닌가? 이게 얼마짜리인데…….' 영주는 순간 얼굴이 새빨개져 버렸다. 동시에 말로는 차마 형용할 수 없는 수치심이 몰려왔다.

"어…… 어떤 선물이었으면 다연이 네 마음에 들었어……?"

"나는 영주 네가 초등학교 4학년 내 생일에 선물해 줬던 핀버튼을 아직도 가방에 달고 다녀. 5학년 때 준 다이어리를 아직도 간직하고 있고, 6학년 때 준 벙어리장갑을 겨울마다 꺼내. 그 선물들에는 전부 네 마음이 들어 있었어! 그런데 지금 이 백화점 쇼핑백에 네 마음이 조금이라도 있기는 하니?"

영주는 도대체 무엇이 어디서부터 잘못된 것인지 도무지 알 수가 없었다. 다연이는 눈물을 글썽이며 집으로 들어가 버렸고, 자신의 손에는 여전히 백화점 쇼핑백이 들려 있었기 때문이다.

터덜터덜 집으로 돌아오는 길, 방금 그 버스 정류장에 여전히 여고생이 앉아 있었다. 앉은 자리에서 머핀 한 상자를 다 먹어 치운 듯한 여고생이 영주에게 다가와 말했다.

"이봐, 중학생!"

"저요?"

"그래, 너."

"누구세요?"

"너 혹시 되돌리고 싶은 순간이 있니?"

"네……? 네. 맞아요. 만약에 제게 다시 한번 기회가 주어진다면……."

"저런, 그런데 너한텐 더 이상 구슬값이 없구나?"

기회를 파는 소녀

윤재의 고양이 이름표

4교시 수업이 끝나고 집으로 돌아오는 길이었어. 그날은 2교시 국어 시간부터 비가 부슬부슬 내리기 시작했는데, 다행히 나는 엄마가 아침에 우산을 챙겨 준 덕분에 비를 맞지 않을 수 있었지. 우산을 미처 챙기지 못했던 앞자리 현우는 책가방을 머리에 쓰고 운동장을 가로질러 달려가기 시작했어. 우리 집이랑 방향이 비슷한 친구라 내 우산을 같이 쓰자고 말하려던 참이었는데. 현우는 축구를 엄청 잘하는 친구거든! 그래서인지 말을 걸 새도 없이 눈앞에서 순식간에 사라져 버렸어. 참고로 현우의 장래 희망은 국가 대표 축구 선수래!

집으로 가는 길에 중학교가 하나 있는데, 거기 운동장에는 항상 교복을 입은 형, 누나들이 있어. 키가 큰 중학생 형들이 교복을 입은 채로 점심시간에 축구하는 모습이 내 눈엔 너무 멋있는 거야. 그래서 나는 그 앞을 지나갈 때마다 얼른 중학생이 되어서 교복 입은 내 모습을 종 종 상상하곤 해. 하지만 오늘은 비가 와서인지 운동장에 아무도 없더 라고.

하굣길에는 횡단보도가 총 3번 나오는데, 오늘같이 비가 오는 날에 는 횡단보도를 건널 때 손을 들지 않아도 된다고 아빠가 그랬어. 우산 이 손 대신 운전자들한테 내 위치를 알려 줄 거래. 하지만 난 그래도 혹 시 모르니까 항상 손을 번쩍 들어. 그런데 우산을 쓴 채로 손을 들다 보 면 가끔씩 우산살에 손이 닿곤 해. 그럼, 난 얼른 우산을 살짝 돌려. 그 러면 꽉 쥔 주먹의 넓은 면적이 우산 천에 닿는데, 우산 천을 사이에 두 고 빗방울이 떨어지는 게 손으로 느껴져서 좋아. 둥 – 둥 – 투둑 –.

"냐아……. 냐아아…… 옹."

집에 거의 다 도착했을 때, 집 근처 빌라들 사이에서 이상한 소리가 들렸어. 처음에는 빗소리 때문에 잘못 들었나 싶었는데, 걸음을 옮길 수록 소리가 점점 선명해지는 거야.

"냐아 – 옹……."

나는 소리를 따라 이웃집 빌라 1층 주차장을 관통해서 건물 뒤에 있 는 화단 쪽으로 걸어갔어. 화단에는 수풀이 가득했고, 그쯤 어딘가에 서 조그만 울음소리가 들리다 멈춰 버렸어.

"어디지? 야옹아! 한 번만 더 울어 줘!"

"냐아……."

기회를 파는 소녀

"찾았다!"

비에 젖은 수풀 사이에 흙탕물을 뒤집어쓴 새끼 고양이 한 마리가 옆으로 누워 거칠게 숨을 내쉬고 있었어. 나는 깜짝 놀라 화단 옆에 우산을 내려놓은 뒤 얼른 새끼 고양이를 손바닥으로 들어 올렸는데, 손바닥 안으로 고양이의 따뜻함이 전해졌어. 근데 동시에 너무 차가운 거야. 어쩐지 이 온기마저도 금방 사라질 것만 같았어. 덜컥 겁이 난 나는 우산을 챙길 겨를도 없이 고양이를 품에 안고 집으로 달렸어.

"윤재 왔니?"

"엄마! 엄마! 요 앞에서 야옹이를 주웠어요!"

"뭐? 아니, 세상에 어쩌다가! 기다려 보렴, 엄마가 얼른 수건 가져올게!"

엄마는 화장실에서 가장 큰 수건을 가져다가 비에 젖은 고양이를 감싸 줬어. 수건에 돌돌 말린 고양이를 엄마가 품에 안고 있는 동안 나는 그저 옆에서 발만 동동 구를 수밖에 없었지. 삐약거리던 수준의 울음소리가 점점 작아지자, 이대로 새끼 고양이가 죽어 버릴까 봐 너무나 무서웠어.

"엄마, 야옹이 괜찮아요? 야옹이 살 수 있어요?"

"일단 좀 씻겨야 할 것 같아. 그런데 지금 이 상태로 씻기면 고양이가 너무 추울 테니까, 엄마가 따뜻한 물을 받는 동안 윤재가 잠시 고양이 좀 안아 줄래?"

"응! 야옹이 저 주세요!"

엄마는 수건에 돌돌 말린 고양이를 내 품에 조심스럽게 안겨 줬고, 곧 따뜻한 물을 받으러 화장실로 가셨어. 두껍게 말린 수건을 통해 고양이의 바들거림이 고스란히 전해졌어. 나는 일단 온몸으로 고양이를 꼭 안아야 한다고 생각했어. 그렇게 해야 내 체온이 수건 안쪽까지 전해질 테니까. 그런데 또 너무 꼭 안으면 고양이가 아프지 않을까 걱정이 되는 거야. 그렇게 내가 이러지도 저러지도 못하고 있을 때 화장실에서 엄마 목소리가 들렸어.

"윤재야, 화장실로 고양이 데려와~!"

나는 수건이 바닥에 질질 끌리는 줄도 모르고 새끼 고양이한테서 눈을 떼지 못한 채로 화장실로 뛰어갔어. 수건을 풀자 다시금 고양이가 큰 소리로 울기 시작했어.

"냐야! 냐야! 냐!"

"야옹아, 울지 마……."

엄마는 한 손으로 고양이 몸을 잡고 다른 한 손으로 대야에 담긴 따뜻한 물을 조금씩 퍼서 등 쪽부터 물을 묻혔어. 곧 흙탕물이 대야에 가득 찼어. 고양이는 점점 더 크게 울기 시작했고, 나는 그게 너무 무섭고 불안해서 어쩔 줄을 몰랐어. 내가 계속 고양이는 괜찮은지 엄마한테 물어보니까 엄마는 걱정하지 말라며 내게 이렇게 말했어.

"울음소리가 커지는 건, 다시 기운을 차렸다는 뜻이야. 그러니까 엄마가 야옹이 씻기는 동안, 윤재는 거실에 미리 수건을 좀 준비해 줄래?"

기회를 파는 소녀

"응……!"

나는 화장실 선반에서 수건을 무려 3장이나 꺼내 거실 바닥에 펼쳐 놓았어. 엄마는 곧 화장실에서 물이 뚝뚝 떨어지는 고양이를 데리고 거실로 나왔어. 내가 미리 펼쳐 놓은 수건 1장을 집어 고양이의 큰 물기를 털어 줬고, 두 번째 수건으로 다시 고양이를 돌돌 말았어.

"3장까지는 필요 없고……. 윤재야, 엄마 방 화장대에 보면 드라이기가 있을 거야."

"응, 가지고 올게요!"

나는 얼른 안방으로 뛰어가 엄마 화장대 위에 있는 드라이기를 집어 거실로 나오려고 했는데, 그만 줄이 엉켜서 넘어지고 말았어. 우당탕 소리에 엄마는 고양이를 품에 안은 채 안방으로 들어왔고, 꼬여 있는 드라이기 줄과 함께 넘어진 날 보면서 "조심 좀 하지!"라며 피식 웃었어. 난 방금 넘어진 무릎을 문지르며 일어나 엄마한테 드라이기를 건넸어.

엄마가 드라이기를 켜자 고양이가 갑자기 수건 밖으로 나가려고 버둥거리기 시작했어. 울음소리가 점점 커지면서 발톱을 내세우는데 엄마는 거듭 "괜찮아~ 괜찮아~!" 하면서 드라이기를 가장 약한 강도로 낮춘 뒤 고양이의 털을 말려 줬어. 곧 고양이 눈이 스르르 감기면서 고로롱 잠이 들었어. 우리 엄마는 진짜 대단한 것 같아!

"엄마, 우리가 이 야옹이 키우면 안 돼요?"

"그건 안 돼. 반려동물을 키우는 건 그렇게 쉽게 결정할 수 있는 일이 아니란다. 엄마가 내일 동물병원에 데려가서 좋은 주인 만나게 해 달라고 말하고 올게."

"싫어요! 야옹이 내가 키울 거예요! 내가 밥도 주고, 목욕도 시켜 주고……. 우리가 키워요……. 네?"

"초등학교 2학년이 무슨 수로 고양이를 키운다는 거야. 윤재 너, 용돈으로 고양이 밥 살 수 있어?"

"간식 안 먹고 내 용돈으로 야옹이 밥 살게요! 그럼 키워도 돼요?"

"그래도 안 돼. 아마 아빠도 허락 안 하실 거야."

나는 오늘 만난 이 고양이가 마치 내 동생 같았어. 동물병원엔 절대로 보내서는 안 된다는 생각이 들어 몰래 고양이를 책가방에 숨겼지. 하지만 고양이 울음소리 때문에 금방 엄마한테 들켜 버렸지 뭐야……. 엄마는 고양이가 아픈 덴 없는지 확인하기 위해서라도 동물병원엔 꼭 데려가야 한다고 말했어. 나는 입술을 삐죽 내민 채로 책가방을 열어 고양이를 꺼냈어.

"오늘 밤만 내가 야옹이 데리고 자면 안 돼요?"

"오늘 딱 하루만이야. 내일은 엄마가 동물병원에 데리고 갈 거야."

"알았어요……."

나는 수건에 돌돌 말린 고양이를 품에 안은 채로 방에서 나가지 않았어. 곧 아빠가 퇴근하셨고, 엄마한테 오늘 있었던 일을 전해 들으셨지.

"키우지 그래?"

"윤재 아빠, 그게 무슨 말이에요……!"

"그렇잖아도 윤재, 외동이라 외로웠을 텐데, 동생 대신이라고 생각해~!"

방문 틈으로 얘기를 몰래 엿듣던 나는 고양이를 품에 안고 거실로 뛰쳐나갔어!

"정말이야, 아빠? 정말로 우리 야옹이 키워도 돼요?"

"대신 우리 윤재가 야옹이 목욕도 시키고, 밥도 꼬박꼬박 잘 챙겨 줄 거지?"

"나 용돈이랑 세뱃돈 받은 걸로 야옹이 밥 살 수 있어요!"

"하, 하, 하! 녀석, 고양이 사료가 얼마인 줄이나 아니? 고양이 밥은 아빠가 사 줄 테니까, 우리 윤재는 야옹이 배고프지 않게 밥만 제시간에 잘 챙겨 주면 돼."

"응! 아빠 최고!"

그렇게 야옹이는 우리 가족이 되었어. 다음 날은 5교시 수업이었는데, 엄마랑 같이 동물병원에 가기 위해서 수업이 끝나자마자 1등으로 교실을 튀어 나갔지. 아마 그날은 내가 축구 꿈나무 현우보다도 빨랐을걸!

집으로 달려왔는데, 거실에 야옹이가 보이지 않았어. 순간 가슴에서 무언가 쿵 내려앉았어. '역시, 엄마가 날 속였구나.'라고 생각했어.

"엄마! 야옹이 어딨어! 설마 야옹이……!"

"니 방 침대 한번 보렴."

엄마 말이 끝나기도 전에 방으로 뛰어갔더니 침대 이불 한구석에 웅크리고 있는 야옹이가 눈에 들어왔어. 야옹이가 날 보고 "냐아~!" 하고 울었어.

"야옹아! 형아 왔어! 야옹이 이제 안 아파?"

"냐아~!"

야옹이는 하루 만에 씩씩해져서 울음소리도 엄청 커졌어. 내가 침대에 앉자 내 무릎 위로 폴짝 올라와 자기 앞발을 핥기에 나는 깜짝 놀라서 얼른 앞발을 뺐었지.

"더럽게 왜 발에 입을 대는 거야! 야옹아, 그러지 마!"

그러자 곧 부엌에서 엄마 목소리가 들렸어.

"고양이가 스스로 자기 몸을 핥는 걸 그루밍이라고 해. 나쁜 게 아니니까 그냥 놔두렴."

어느 날엔가는 야옹이 몸에서 냉장고 소리가 나기에 울면서 엄마한테 말했어. 야옹이 다시 죽는 거냐고…….

"고양이는 기분 좋을 때 몸속에서 그르릉 거리는 모터 소리가 난대. 신기하지? 지금 야옹이 기분이 엄청 좋은가 보다~!"

"훌쩍……. 야옹이 죽는 거 아니에요?"

"야옹이가 죽긴 왜 죽어~ 우리 윤재 형아가 이렇게 잘 돌봐 주는데~!"

"야옹아, 아프지 마……. 형아가 우리 야옹이 지켜 줄게!"

"우리 야옹이 이름표 달아 줄까?"

"강아지들처럼요?"

"혹시라도 야옹이가 실수로 현관문을 나가거나, 창밖으로 나갔을 때를 대비해서 예쁜 이름표를 달아 주자. 엄마가 동물병원 가서 사 올게."

"나도! 나도 같이 갈래요! 내가 야옹이 이름표 고를래요!"

동물병원에는 예쁜 이름표가 많았어. 나는 그중에서도 작은 구슬로 꿰어진 이름표가 제일 예뻐 보여서 무조건 저걸로 하자고 엄마를 졸랐지. 엄마는 가죽으로 된 이름표를 사고 싶어 했지만, 나는 이미 우리 야옹이 눈처럼 반짝반짝 빛나는 구슬 이름표에 꽂혀 버린 뒤였어. 결국 야옹이는 팔찌 비슷한 구슬 이름표를 갖게 되었지. 이름표 앞면에는 '윤재 동생 야옹이', 뒷면에는 엄마 핸드폰 번호를 병원에서 새겨 줬어. 이제 야옹이를 잃어버릴 걱정은 더 이상 안 해도 되는 거야!

나는 매일 수업을 마친 뒤 쏜살같이 집으로 달려왔어. 가끔은 현우가 함께 축구하자며 말을 걸어왔지만, 나는 1분 1초라도 빨리 야옹이가 보고 싶어서 현우와 함께 어울릴 시간이 없었지.

"윤재야, 너 요즘 왜 그렇게 곧장 집으로 가는 거야?"

"집에 야옹이가 있거든."

"야옹이? 너 고양이 키워?"

"응! 비 오는 날 버려진 고양이를 주웠는데, 내가 구조해서 키우고 있어!"

"버려진 고양이를 키운다고? 으······, 드러워······."

"뭐? 우리 야옹이는 더럽지 않아!"

"니가 방금 그랬잖아, 버려진 고양이를 주웠다고……."

"야옹이 욕하지 마!"

"길에서 주웠으면 도둑고양이였던 거 아냐?"

동생과도 같은 야옹이를 현우가 함부로 말하자 그 순간 속에서 부글부글 화가 났어. 아무리 그래도 그러면 안 되는 거였는데, 너무 화가 난 나머지 현우를 교실 바닥으로 밀쳐 버렸지. 하필 그 때 담임 선생님이 교실로 들어왔는데, 선생님의 중재에도 불구하고 나는 끝까지 현우에게 사과하지 않았어.

친구와 다투고 선생님한테 혼나기까지 했다는 사실이 너무나 분했던 나는 집으로 돌아오자마자 침대에 머리를 파묻고 울기 시작했어. 그 때 야옹이가 내 품을 파고들어 오는 거야. 야옹이는 마치 아무것도 모른다는 듯이 태평하게 내 품에서 드릉드릉 소리를 내기 시작했어. 그 순간 내 안의 서러움과 화가 사르르 녹아 없어지는 듯한 기분이 들었어. 어쩌면 내일은 현우에게 진심으로 사과를 할 수 있을지도 몰라.

야옹이는 참 신기한 존재야. 아무 말도 하지 않는데, 함께 있어도 심심하지가 않아. 잘 때는 늘 내 품으로 들어오는데, 일어나면 항상 거실에 있어. 걸어 다닐 때 발자국 소리도 나지 않고, 아무리 높은 곳도 폴짝 두 번이면 올라가 있어. 이름을 불러도 오지는 않는데, 귀가 쫑긋한 거 보면 자기 이름을 아는 것 같아. 무엇보다 너무 너무 너무 사랑스러워. 야옹이는 어떻게 이렇게 보드랍고 예쁜 걸까?

기회를 파는 소녀

초등학교 3학년에 올라간 뒤, 태권도 학원을 다니기 시작하면서 야옹이와 함께 있는 시간이 줄어들었어. 고작 학원 하나 다닐 뿐인데, 점점 목욕도 깜빡하고……. 어느새 야옹이에게 밥을 주는 건 전부 엄마가 하게 되었어. 사실 그 무렵에는 도장 친구들과 함께 놀이터에서 노는 게 더 즐거웠던 것 같아.

초등학교 4학년이 되면서 수영 강습을 받으러 다니게 되었고, 점점 더 집에 있는 시간이 줄어들었어. 강습을 마치고 집에 들어가 보면 야옹이는 항상 소파 구석에 앉아서 날 기다리고 있었어. 물론 강아지처럼 현관으로 반갑게 뛰쳐나온다거나 하는 건 없었지만, 그래도 내내 날 기다렸다는 건 알 수 있었지. 내가 소파에 드러누우면 내 겨드랑이 사이로 야옹이가 스윽 들어와 동그랗게 몸을 말곤 했으니까. 야옹이는 항상 따뜻했어. 야옹이는 처음 만난 그 순간부터 지금까지 항상 따뜻했지. 어쩌면 그날 빗속에 차가워졌던 내 손바닥보다도 야옹이가 더 따뜻했을지 몰라.

초등학교 5학년이 되고 얼마 뒤, 야옹이가 거실 바닥에 토를 하기 시작했어. 처음에는 그냥 야옹이가 잠깐 아픈 거라고 생각했어. 병원에 가서 치료하면 곧 나을 거라고 생각했지. 나는 언제까지나 야옹이가 따뜻할 거라고 생각했어.

"고양이 범백입니다."

"예? 치료하면 나을 수 있는 거죠?"

"그게……. 워낙 치사율이 높은 병이라……. 일단 일주일 동안 집중

치료 후 경과를 봐야 할 것 같습니다."

"아이고……. 우리 윤재한테 뭐라고 설명을……."

그날 밤 나는 밤새도록 방에서 엉엉 울었어. 엄마는 치료하면 살 수 있다고 했지만, 인터넷에 검색해 보니 고양이가 범백에 걸리면 대부분 살 수가 없다는 거야……. 믿을 수가 없었어. 야옹이가 죽다니……. 치료를 해도 살 가망이 없고, 이미 백혈구 수치가 너무 낮아서 구토와 설사가 당분간 멎지 않을 거라고……. 나는 야옹이가 죽을지도 모른다는 사실을 도저히 받아들일 수 없었어. 매일매일 학원에도 가지 않고 야옹이 옆에 딱 붙어서 간병을 했지만, 야옹이는 결국 일주일 뒤에 무지개다리를 건너고 말았어.

엄마 아빠와 함께 야옹이 장례를 치른 뒤, '윤재 동생 야옹이' 이름표를 전달받았어. 나는 야옹이와 늘 함께하고 싶어서 이름표를 책가방에 달았어. 하지만 이제는 더 이상 야옹이의 울음소리를 들을 수 없겠지. 야옹이의 부드러웠던 털과 체온이 아직도 내 팔 안쪽으로 느껴지는데, 다시는 야옹이를 만질 수 없게 된 거야. 3학년 이후로 자주 놀아주지 않았던 게 후회되고, 매일매일 야옹이가 너무 보고 싶어서 견딜 수가 없었어. 시간을 되돌릴 수만 있다면 그 사랑스러움을 알지 못했던 때로 돌아가고 싶다고 생각했어. 그럼, 이렇게 슬프지 않아도 될 테니까……. 태어나서 처음 겪어 보는 이별은 열두 살인 나에게 너무나 버거운 시련이었어.

기회를 파는 소녀

"애, 꼬마야."

"네……?"

"너 혹시 되돌리고 싶은 순간이 있니?"

"누나가 혹시 구슬 누나에요?"

"너 내가 누군지 아는구나?"

"구슬로 기회를 한 번 더 주는 누나 아니에요?"

"얘기가 쉽게 통하겠네. 아무튼 너 되돌리고 싶은 순간이 있지?"

윤재는 잠시 망설이다, 무언가 결심했다는 듯 여고생 누나에게 대답했다.

"네……. 야옹이를 만나기 전으로 돌아가고 싶어요……. 그러면 이렇게 슬픈 감정 따위는 겪지 않아도 될 테니까요……."

여고생의 눈을 똑바로 보고 말하긴 했지만, 윤재의 눈에는 이미 눈물이 그렁그렁 맺혀 있었다.

"감당할 수 없는 슬픔을 경험하게 되면 누구나 그런 생각을 한 번쯤은 하게 되지. 그래서 시간을 되돌리면 그 버려진 고양이를 그냥 지나칠 수 있겠니?"

"이렇게 아플 바에는 그냥 한 번 모른 척하는 게 나아요. 누나는 모르잖아요……. 제가 지금 얼마나 슬픈지……."

"만약 너에게 기회가 한 번 더 주어진다면, 이번에는 좀 더 나은 선택을 할 수 있다는 거지?"

"그럼요!"

윤재의 눈망울에 맺혀 있던 눈물은 결국 윤재의 볼을 타고 흘러내렸다. 여고생은 어쩔 수 없다는 듯이 한숨을 한 번 크게 내쉰 뒤, 구슬을 꺼냈다.

"이 구슬을 손바닥에 올려놓은 뒤, 되돌리고 싶은 순간을 떠올리면 돼. 구슬에 그날의 영상이 떠오르면 그 때 구슬을 쥐렴."

"이게 그 기회를 한 번 더 주는 구슬이에요?"

윤재가 눈빛을 반짝이며 구슬로 손을 내밀자, 여고생 누나가 구슬을 등 뒤로 감추며 물었다.

"꼬마야, 구슬값은 내야지?"

"어…… 얼마인데요?"

"너 책가방에 달려 있는 고양이 목걸이가 예쁘던데……."

"이건 야옹이 이름표인데요?"

"그래~! 그 이름표 말이야. 인식표만 떼어 내면 팔찌로 쓰기 딱 좋겠는데?"

"하지만 이건 야옹이 유품인데……."

"어차피 시간을 되돌렸을 때 고양이를 구조하지 않으면, 기존의 기억은 전부 사라질 텐데 그 이름표가 너한테 무슨 의미가 있니?"

"그건 그러네요……. 알겠어요."

윤재는 책가방에 달린 야옹이 이름표를 풀어 여고생 누나에게 건넸다. 이름표를 건네받은 여고생은 고양이의 이름이 새겨진 인식표를 목걸이에서 분리한 뒤 작은 구슬로 꿰어진 팔찌 같은 고양이 목걸이를 자신의 왼팔에 채웠다.

"역시 구슬이 예쁘다니까! 난 가죽은 별로더라고."

"누나, 정말 고맙습니다."

윤재는 여고생 누나에게 허리를 숙여 인사한 뒤 횡단보도 건너편으로 뛰어갔다. 그리고 야옹이를 구조했던 화단으로 달려가 구슬을 손바닥에 올려놓은 뒤, 그날을 떠올렸다. 구슬 안에는 3년 전, 비가 오던 날 우산을 쓰고 하교하던 그날의 영상이 떠올랐다. 윤재는 곧 손바닥을 쥐었고, 구슬은 연기를 뿜으며 녹아내렸다.

"냐아……. 냐아아…… 옹."

4교시를 마치고 집으로 가던 윤재에게 어디선가 고양이 울음소리가 들리기 시작했다. 윤재는 망설임 없이 1층 주차장을 관통해 수풀 속 화단에서 고양이를 발견했다. 한 팔로 고양이를 품에 안은 윤재는 다른 한 팔로 고양이에게 우산을 씌우며 말했다.

"조금만 기다려. 금방 따뜻하게 해 줄게."

고양이를 품에 안고 집으로 돌아온 윤재는 엄마에게 자초지종을 설명했다.

"엄마, 요 앞 화단에서 야옹이를 주웠어요."

"뭐? 아니, 세상에 어쩌다가! 기다려 보렴. 엄마가 얼른 수건 가져올게!"

"그전에 따뜻한 물로 흙 먼저 씻겨 주세요."

"아! 그렇지. 잠시만 기다리렴. 엄마가 금방 따뜻한 물 받을게!"

윤재는 자신의 옷이 더러워지는 것도 아랑곳하지 않은 채 고양이를 품에 안아 자신의 체온으로 고양이의 몸을 녹였다. 엄마가 온수로 고양이를 씻겨 주는 동안, 윤재는 수건 2장과 드라이기를 거실에 준비했다.

드라이기를 켜자 고양이가 하악질을 시작했고, 윤재는 곧장 드라이기 세기를 낮추었다. 엄마 품에 안겨 있는 고양이의 머리를 부드럽게 쓰다듬으며 "괜찮아~ 괜찮아~!" 달래던 윤재는 갑자기 서랍을 뒤져 저금통에서 지폐 몇 개를 꺼내더니, 우산을 챙겨 집 밖으로 뛰쳐나갔다.

가장 가까운 동물병원으로 달려간 윤재는 새끼 고양이용 습식 사료 하나를 계산대에 가져가 까치발로 계산을 했다. 집으로 돌아와 고양이의 입 주변에 사료를 조금씩 묻혀 주자 곧 혀로 날름날름 사료를 먹기 시작했다. 저녁쯤 아빠가 퇴근을 했고, 거실에선 엄마와 아빠의 대화 소리가 들려왔다.

"윤재 아빠, 아니 글쎄 오늘 윤재가 새끼 고양이를 한 마리 구조해 왔지 뭐예요. 그런데 윤재가 의외로 동물을 잘 돌보더라고요? 어디서 들었는지, 동물병원에서 새끼 고양이 전용 습식 사료를 사다가 고양이 입가에 묻혀서 밥을 먹이는데……."

"윤재가 구한 생명이니, 윤재가 키우게 해 줘~!"

"그럴까 봐요. 그렇잖아도 외동이라 항상 맘이 쓰였는데……."

윤재는 고양이에게 야옹이라는 이름을 지어 주고 집에 있는 내내 온종일 야옹이 곁에 붙어 있었다. 이름표를 달아 주고, 잘 때도 꼭 한 이

기회를 파는 소녀

불에서 같이 잠이 들었다. 그르릉 소리에도 놀라지 않았으며, 수시로 낚싯대 장난감으로 온 거실을 누비며 놀아 주었다.

3학년이 되어 태권도장에 다니게 되었을 때도, 4학년이 되어 수영 강습을 받으러 다니게 되었을 때도 윤재는 꼬박꼬박 야옹이의 목욕을 시켜 주었고, 밥도 항상 제때 챙겨 주었다. 늘 깨끗한 물그릇을 준비해 주었으며, 항상 깔끔하게 발톱을 정리해 주었다.

어느 날은 현우를 집에 데려와 야옹이를 인사시켜 주기도 했다. 현우는 금세 고양이의 매력에 빠져들었다. 결국 자기도 고양이를 키우고 싶다며 부모님을 굉장히 곤란하게 만들어 버릴 정도로 말이다.

윤재가 5학년이 되었을 때, 야옹이는 결국 거실 바닥에 토를 하기 시작했다. 윤재는 엄마와 함께 야옹이를 데리고 동물병원을 방문했고, 고양이 범백 진단을 받았다. 그날 밤 윤재는 밤새도록 방에서 엉엉 울었다. 며칠 뒤 야옹이는 두 번째 무지개다리를 건너갔다.

야옹이의 장례를 치른 뒤, 윤재는 다시 야옹이 이름표를 책가방에 달았다.

"이봐, 꼬마!"

"구슬 누나! 또 만났네요!"

"내가 기껏 기회를 다시 줬는데, 어째서 같은 선택을 한 거지? 두 번째 이별이라고 해서 덜 아픈 건 아니었을 텐데?"

"맞아요, 두 배로 힘들었어요. 야옹이가 힘들어하는 걸 두 번이나 지켜봐야 했으니까요."

　"그런데 어째서 또다시 고양이를 구조했지?"

　"그렇게라도 야옹이를 다시 만나고 싶었으니까요."

　"뭐……?"

　"누나, 그거 알아요? 이별의 슬픔보다 더 아픈 건, 사랑할 상대조차
없는 거래요."

　"너 혹시 그날 일부러 나한테 접근했니?"

　"이번에도 구슬 팔찌 가져왔는데……. 누나는 가죽보다 구슬 좋아하
잖아요."

　"됐거든? 너같이 영악한 꼬마는 딱 질색이야."

재준의 뜨개질 목도리

나는 3반 혜나를 좋아한다. 물론 혜나는 이 사실을 전혀 알지 못한다. 그도 그럴 것이 우리 학교에서만 해도 혜나를 좋아하는 남학생이 한 트럭은 될 것이기 때문이다. 혜나 앞에서 노골적으로 티를 내는 친구들도 더러 있지만, 나는 결코 그런 녀석들과 같아 보이고 싶지 않았다. 그저 복도에서 힐끗, 도서관에서 힐끗하는 게 전부였다.

그런 나의 짝사랑을 유일하게 알고 있는 두 친구가 있다. 초등학교 때부터 줄곧 함께한 은례동 삼총사 진수와 명희. 우리 세 사람은 엄마들끼리도 친하다 보니 늘 같은 학원에 다녔고, 방학 때는 항상 셋이서 그룹 과외를 받았다. 그렇게 초, 중, 고를 함께 다니다 보니 아무리 감추고 싶은 비밀도 녀석들에게는 금세 들켜 버린다.

"재준아, 들었어? 혜나 어제 또 고백받았다는데?"

"조용히 해! 누가 들으면 어쩌려고……."

"에이~! 옥상에 우리 말고 누가 온다고."

최근 들어 옥상에 담배를 피러 올라가는 아이들이 더러 있다는 소문을 들었기에 나는 명희의 카랑한 목소리가 거슬리지 않을 수 없었다.

"근데, 누구?"

"연극부 선배래! 왜, 그 있잖아. 작년 축제 때 주인공 맡았던 키 크고 잘생긴 선배 기억나?"

"아……. 수혁 선배? 그 선배가 잘생기긴 뭐가 잘생겼냐?"

"넌 거울도 안 보냐? 수혁 선배가 잘생긴 게 아니면, 넌 뭐 생기다 만 거야……?"

"야! 오명희!"

"까아핫! 그래도 걱정 마. 혜나는 아마 이번에도 오래 못 갈 거야~!"

실제로 그랬다. 혜나는 우리 학교 어떤 훈남이랑 사귀어도 두 달을 넘기지 못했다. 1학년 때 혜나한테 남친이 생겼다는 소문을 들었을 땐 부끄럽지만 학원도 빠지고 진수랑 명희 앞에서 눈물을 뚝뚝 흘렸다. 그날 두 사람도 함께 수업에 빠져 주었는데, 나를 위해서였는지 본인들의 땡땡이 핑계가 필요했던 건지는 잘 모르겠다. 아무튼 꼴에 남자라고 차마 소리 내어 울지도 못하며 닭똥 같은 눈물만 흘리는 내 모습에 진수는 혀를 찼고, 명희는 위로를 해 주었다. 하지만 한 달이 채 되지 않아 혜나가 남자친구와 헤어졌다는 소식이 들려왔고, 그날 삼총사

기회를 파는 소녀

의 야식 분식값은 당연히 내 몫이 되었다. 하지만 계산을 하면서도 입꼬리는 도통 내려갈 생각을 하지 않았다.

"이번에는 얼마나 갈까?"

"글쎄, 근데 수혁 선배는 같은 남자가 봐도 멋있지 않냐? 나 지난번에 매점에서 수혁 선배랑 어깨를 부딪쳤는데, 어깨가 전부 다 근육이더라니까!"

진수마저 수혁 선배를 칭송하자 나는 더욱더 주눅이 들었다. 솔직히 수혁 선배는 우리 학교에서도 손에 꼽히는 인기남이었기 때문이다. 나는 그 사실을 인정하고 싶지 않은 마음에 괜히 혼잣말로 투덜거렸다.

"아……. 고3이 연애는 무슨 연애야……."

"하긴, 아무리 혜나가 예뻐도 대학이 먼저긴 하지?"

하늘이 도왔던 걸까? 고3 수능을 앞둔 수혁 선배는 입시를 핑계로 혜나와의 사이를 정리했다.

학교에는 처음으로 혜나가 차였다는 소문이 돌았고, 기회는 이때다 싶었던 전교의 남학생들이 줄줄이 고백을 이어 갔다. 하지만 수혁 선배의 이별 통보에 자존심이 상했던 혜나는 그 누구의 고백도 받아 주지 않았다.

진수는 지금이 기회인 것 같다며 내게도 고백을 재촉했으나, 반대로 명희는 지금이야말로 때가 아니라며 단호히 고백을 만류했다.

"지금 혜나는 이틀에 한 번꼴로 고백을 받고 있는데, 아마 나중에는 널 기억조차 하지 못할걸? 너도 그냥 수많은 고백남들 중 하나가 되겠지."

"아니지, 그 녀석들이랑 우리 재준이는 다르지! 재준아, 지금이 기회라니까?"

첫 실연을 한 혜나는 어쩐지 더 성숙해진 느낌이었기에, 나 역시 진수 말대로 지금이 기회라고 생각했다. 하지만 난데없이 고백을 하면 정말로 고백남 3, 4 정도로 끝나 버릴 것 같았다. 나는 일단 혜나 곁에 자연스럽게 다가갈 방법을 먼저 물색했다.

"엄마, 나 학원 바꿔 줘."

"명희랑 진수도 학원 옮긴다니?"

"아, 언제까지 걔네랑 붙어 다녀야 하는 건데! 나 그냥 학원 옮겨 줘! 공부 진짜 열심히 할게!"

공부를 열심히 하겠다는 마음에도 없는 말에 엄마는 순순히 학원을 옮겨 줬다. 그렇게 나는 혜나와 같은 학원에 등록했다.

학원에서의 혜나는 학교와 차원이 달랐다. 학교에선 늘 교복 입은 모습만 봐서 몰랐는데, 사복의 혜나는 훨씬 더 매력적이었다. 심지어 혜나는 매일매일 다른 메이커의 옷을 입고 학원에 왔다. 늘 싸구려 아울렛 옷이나 보세 옷만 돌려 입는 명희와는 패션 센스부터 달랐다.

나는 혜나의 눈에 띄기 위해 수업 시간에 일부러 더 선생님께 질문을 던졌다. 사실 삼총사 중에서는 내가 가장 공부를 못했지만, 그래도 이 학원에서는 제법 우수한 편에 속했다. 이전 학원에서는 명희가 항상 내 보충 수업을 도와주었다면, 이곳에서는 오히려 내가 혜나의 숙

기회를 파는 소녀

제를 도와줄 수 있었다. 혜나는 학교에서도 종종 숙제를 베끼러 우리 반으로 건너오곤 했다.

"오! 한재준! 너 혜나랑 제법 친해졌더라?"

진수는 이 모든 과정이 즐거워 죽겠다는 듯 방과 후 하굣길에 나를 놀렸다. 솔직히 나도 진수의 놀림이 그다지 싫지 않았다.

"그게 친해진 거야? 혜나 걔가 재준이 너한테 고맙다고는 해?"

"당연하지! 혜나는 항상 고맙다고 한다고!"

"말로만 말고……. 솔직히 나는 걔가 너 이용하는 것 같단 말이야……!"

"명희야, 너 설마 우리 셋 중 내가 가장 먼저 솔로 탈출할까 봐 겁나서 이러냐?"

"아니거든!"

"그럼, 왜 이렇게 삐딱한 건데? 진짜 친구면 응원해 줘야 하는 거 아냐?"

"혜나 걔가 널 함부로 생각하는 것 같으니까 속상해서 그러지! 솔직히 점심시간에 우리 반 와서 네 숙제 베껴 가는 게 전부잖아! 그동안 내가 쭉 지켜봤는데, 걔는 어쩜 매점에서 빵 한 번을 안 사 오더라!"

순간 자존심이 울컥 상했다. 명희 말이 전부 맞았기 때문이다. 혜나 주변에는 늘 남자들이 득실거렸는데, 어쩌면 나도 그들 중 하나일 뿐일지도 모른다는 생각이 스쳤다.

"왜들 언성을 높이고 그래……. 재준아, 심각하게 생각하지 마. 명희야, 너도 그만해."

진수가 중재에 나섰으나, 나는 이미 감정이 상한 뒤였다. 이후로도 진수는 어떻게든 분위기를 풀어 보고자 내내 혼자 떠들었다. 하지만 나와 명희는 갈림길까지 서로 아무 말도 하지 않았다.

"들어가. 내일 보자."

"어……. 어, 그래! 재준아, 내일 보자!"

"……가."

집으로 돌아와서도 명희가 왜 저렇게까지 화를 내는 건지 나는 도무지 이해가 되지 않았다. 하지만 나는 이내 그럴 생각을 할 겨를조차 없었다. 한 시간 뒤, 혜나가 있는 학원에 가야 했기 때문이다. 나는 서둘러 머리에 왁스를 발랐다.

학원에서는 늘 혜나의 대각선 뒤에 앉았다. 옆자리는 너무 노골적이라 생각했고, 앞자리는 몰래 혜나를 볼 수 없었기 때문이다. 그리고 내가 선생님께 질문을 할 때마다 혜나가 뒤를 돌아보는 것이 좋았다.

하지만 오늘은 머리를 질끈 묶은 혜나의 뒷모습을 보는 내내 명희의 말이 맴돌았다. 혜나는 매일 내 숙제를 베끼면서도 항상 말로만 고맙다고 했을 뿐, 내게 그 이상의 어떠한 감사 표시도 한 적이 없었다. 대단한 걸 바라는 게 아니었다. 학원 로비에 있는 1,000원짜리 자판기 음료 정도는 사 줄 수 있지 않은가.

집으로 돌아오는 길, 내 2년 짝사랑이 굉장히 허무하게 느껴졌다. 가을에서 겨울로 넘어가는 계절이어서인지 마음까지 쌀쌀해지는 기분

기회를 파는 소녀

이 들었다. 순간 온몸이 바르르 떨렸다. 이제 그만 포기해야 하나? 생각했을 때 집 앞에 누군가 서 있는 것을 발견했다.

"명희야, 이 시간에 웬일이야?"

"이거……."

"이게 뭐야?"

"내가 직접 뜬 목도리야."

"뭐?"

"아까 낮에 짜증 내서 미안해. 실은…… 나 너 좋아해!"

"……?"

"네가 항상 혜나 얘기만 하니까……. 너무 화가 나서 그랬어. 물론 우린 친구니까……. 네가 혜나를 좋아하는 마음도 난 진심으로 응원했어! 하지만……, 혜나가 널 함부로 하는 것 같아서……."

"어……. 아……, 음……, 그랬구나……."

방금 전 학원에서 세련된 혜나의 패션을 보고 난 뒤, 촌스러운 옷을 입고 내 앞에서 고백을 하는 명희가 순간 너무나 비교되었다. 하지만 으슬거리는 날씨에 명희가 건넨 뜨개 목도리는 참 따뜻해 보였다. 문득 촌스러워도 내 생각을 해 주는 명희가 귀엽다고 생각했다.

"설마 이걸 정말 직접 뜬 거야?"

"엄마가 좀 도와주긴 했는데……. 그래도 대부분 내가 떴어! 우리 초등학생 때부터 줄곧 삼총사로 지내 왔지만……. 그래서 더더욱 내 마음 숨겨 보려고 했는데……. 혹시 친구로마저 지내지 못하게 될까

봐……."

"아……."

"근데, 그냥 내 마음만이라도 전하고 싶었어! 대답을 바라는 건 아니니까, 부담 갖지 마! 우리 내일 진수 앞에서 어색하지 않게 인사하는 거다?"

"저……. 저기……!"

명희는 그 말만을 남긴 채 골목길로 뛰어가 버렸다. 나는 명희의 뒷모습이 보이지 않을 때까지 집 앞에 멍하니 서 있었다. 명희가 떠넘기듯 주고 간 목도리는 생각보다 보드라웠다.

다음 날 아침, 웬일로 명희가 지각을 했다. 나는 교실 뒷문 열리는 소리가 들릴 때마다 명희인가? 싶어 움찔거렸다. 그동안 한 번도 명희를 그런 식으로 생각해 본 적이 없었는데……. 명희가 수업에 늦는 게 너무나 신경이 쓰였다. 하지만 절대 먼저 전화나 문자를 할 수는 없었다.

"명희 왜 안 오지? 곧 담임 올 것 같은데……."

"모……. 몰라! 늦잠 자나 보지 뭐!"

"너희 아직도 안 풀었냐?"

"풀긴 뭘 풀어……!"

그때 뒷문이 벌컥 열리는 소리가 들리면서 명희가 도착했다. 나는 왜인지 명희를 똑바로 볼 수가 없었다. 명희가 숨을 헐떡이며 자리에 앉았고, 진수는 그런 명희를 보며 키득거렸다.

"쟤 어젯밤 샜나 봐! 눈 빨간 거 봐! 크크. 혼자 야한 거라도 봤나?"

"야, 오명희가 너냐? 또 밤새 예습이나 했겠지……."

그러고 보니 나는 항상 혜나를 위해 숙제를 미리미리 하곤 했다. 그런데 생각해 보면 명희도 언제나 모든 과목에 대한 예습이 완벽하게 되어 있었다. 내가 모르는 문제는 늘 툴툴거리면서도 자세히 설명을 해 주었고, 시험 기간에는 기출문제도 막힘없이 풀이해 줬다. 나는 그동안 명희가 그냥 공부를 잘하는 애라고만 생각했다. 물론 명희가 공부를 잘하는 것은 맞지만, 공부를 잘하는 애들은 대부분 친구의 숙제를 도와주지 않는다. 그런데 이상하다. 어젯밤 고백을 한 건 명희인데, 내가 더 많이 명희를 생각하고 있잖아!

"야! 한재준! 강진수! 2교시 끝나고 매점 갈래?"

심지어 명희가 도리어 더 태연히 나에게 말을 걸었다. 나는 명희의 눈을 똑바로 보지도 못하겠는데, 쟤는 어찌 저리 태연할 수가 있을까? 사실 아침에 열 번도 넘게 망설이다 명희가 준 목도리를 두르고 학교에 왔으나, 명희가 지각하는 동안 아무리 생각해도 너무나 민망한 나머지 결국 가방에 목도리를 숨겨 버렸다. 그래서였을까? 곧 우리 세 사람은 전처럼 다시 편하게 지내게 되었다. 명희는 약속했던 대로 진수 앞에서 한 번도 내색하지 않았다. 결국 그날 이후 나는 두 번 다시 명희의 목도리를 두르지 않았다.

학원은 다시 두 친구와 같은 곳으로 옮겼다. 기존의 학원이 수능 대비엔 훨씬 나을 것 같았기 때문이다. 우리 셋은 고3이 되었고, 진수와 나는 명희 덕에 상향 지원한 대학에 아슬아슬하게 붙을 수 있었다. 명희는 우리 엄마보다도 더 잔소리꾼이었지만, 막상 대학에 붙고 나니 그 모든 힘들었던 과정 따윈 기억도 나지 않았다.

우리는 대학생이 되어서도 종종 주말마다 동네의 오래된 맥줏집에서 모였다. 학교 매점에서 커피우유나 사 마시던 코찔찔이 삼총사가 이제는 술집에서 어엿하게 맥주를 주문하는 성인이 된 것이다.

"크으……. 재준이가 드디어 군대를 가는구나!"

"우리가 면회 자주 갈게! 힘내라!"

"진수 너 이 자식……. 너도 2학년 마치고 나랑 같이 동반입대 하기로 했으면서……. 야! 이, 배신자야!"

"아하하하! 난 좀만 더 놀다 갈게! 미안하다 임마! 너랑 나랑 둘 다 동시에 군대에 가 버리면, 명희가 너무 심심하잖아~!"

"역쉬~! 내 생각해 주는 건 진수밖에 없다!"

"아 맞다, 다다음주 주말 동창회 소식 들었지?"

"아, 동창회!"

"난 못 가. 그날 아빠 생신임!"

"그럼, 이 한재준의 입대 전 마지막 이벤트로 동창회나 참석해 볼까!"

"명희 빼고 둘이 가자 그럼!"

"치사해……!"

삼총사와 헤어지고 집으로 돌아와 오랜만에 첫사랑 혜나의 SNS에 접속했다. 혜나는 여전히 예쁘고 화려한 삶을 살고 있었다. SNS 속 혜나는 늘 멋진 곳에서 식사를 했고, 연예인 같은 옷을 입었다. 물론 나도 대학에 들어가면서 고등학생 시절의 촌티는 멀끔히 벗어 낸 터였다. 나름 꾸미고 다닌 이후로 후배들에게 종종 고백을 받기도 했지만, 그중에 혜나만큼 예쁜 후배는 없었다.

동창회 당일, 더 이상 촌스러운 고딩 한재준이 아니란 것을 동창들에게 과시하기 위해 거울 앞에서 잔뜩 멋을 부렸다. 옷장을 뒤지다 보니 3년 전 이맘때쯤 명희에게 받았던 목도리가 웬일로 눈에 들어왔다. 하지만 목도리는 오늘의 패션에 맞지 않았다. 그래도 돌아올 때 쌀쌀할 걸 대비해 가방에 명희가 준 목도리를 챙겨 넣었다. 한 시간 뒤, 약속 장소 근처 지하철역에서 우연히 진수와 마주쳤다. 진수는 그런 날 보자마자 조롱과 야유를 동시에 퍼부었다.

"뭐냐~ 한재준! 동창회라고 오늘 너무 힘준 거 아냐? 크크크……."

"뭐래……. 그런 거 아니거든!"

오랜만에 친구들을 볼 생각에 잔뜩 부푼 마음을 안고 진수와 함께 술집으로 입장했으나, 동창회 참석자는 생각보다 그리 많지 않았다. 문제는 주최자가 참석 인원조차 제대로 파악하지 않은 채, 호기롭게 술집 한 층을 통째로 빌렸다는 것이었다. 결국 테이블이 남아돌았고, 곧 무언가 곰곰 생각하는 듯하던 주최자가 모두에게 입을 열었다.

"동창회 참석률이 너무 낮아서……. 혹시 다들 괜찮으면 다른 반 애들을 좀 불러도 될까?"

"다른 반 누구?"

"기준이가 혜나랑 찬우, 정은이랑 같은 대학 다니거든! 기준아, 애들한테 연락 좀 해 볼래?"

"시간이 될지 모르겠는데……. 일단 알겠어! 내가 한번 연락 돌려 볼게!"

순간 내 귀에 '혜나'라는 이름이 팍 꽂혔다. 동창회에 혜나가 온다고……? 우리는 3년 동안 단 한 번도 같은 반을 해 본 적이 없기에 동창회에서 혜나를 만날 수 있을 거라고는 상상도 해 본 적이 없었다. 천만다행인 건, 마침 오늘 내가 굉장히 멋을 내고 동창회에 참석했다는 것이다.

"찬우는 오늘 알바 때문에 안 되고, 혜나랑 정은이가 마침 같이 있었대! 둘이 함께 이쪽으로 합류하겠다는데?"

"대박! 혜나가 지금 온다고?"

남자애들이 웅성거리기 시작했다. 아마도 다들 나와 비슷하게 들뜬 것 같았다. 진수는 옆에서 "오올~!" 하며 나를 쿡쿡 찌르기 시작했다. 나는 진수의 조롱을 무시하며 깊게 심호흡을 했다.

한 시간 반 뒤, 술집에 혜나와 정은이가 도착했다. 정은이는 고등학생 땐 혜나와 그다지 친하지 않았는데, 같은 대학에 들어가면서 둘이 베프가 되었다고 한다. 둘 다 고등학생 시절과는 비교도 할 수 없을 만큼 굉장한 미인이 되어 있었다. 물론 그래도 혜나가 훨씬 예뻤지만 말이다. 곧 혜나의 테이블로 남학생들이 기웃거리기 시작했고, 개중에는 대놓고 껄떡이는 놈도 있었다. 하지만 나는 젠틀함을 유지한 채 혜나

기회를 파는 소녀

의 맞은편에 앉아서 애써 관심 없는 척했다. 그러자 혜나가 먼저 내게
말을 걸었다.

"재준아, 오랜만이다."

"어……. 어. 혜나 너도 오랜만."

"잘 지냈어?"

"그럼, 잘 지냈지~! 뭐, 다음 달에 군대에 가긴 하지만……."

"아……. 정말? 너도 군대 가? 다들 가는구나……."

혜나를 보면 심장이 입 밖으로 튀어나올 줄 알았는데, 내 마음은 생
각보다 차분했다. 그래, 어차피 학창시절 풋사랑일 뿐이다. 나도 이제
더 이상 그때의 촌스러운 한재준이 아니고.

"우리 같은 학원 다녔었던 거 기억나?"

"아, 기억하지. 사거리에 있는 한솔학원."

"실은 나 그때 너한테 관심 있었다?"

"뭐……?"

다들 만취 상태로 여기저기 쓰러져 있었던 탓에 아무도 혜나의 말을
듣지 못했다. 소음 가득한 술집 안에서 오로지 나만이 혜나의 고백을
들은 것이다.

"시…… 실은……!"

"근데 재준이 너도 다음 달에 군대 가는구나. 동기들도 다들 이맘때
쯤 입대하는 것 같더라."

나도 마음이 있었다는 대답을 하려던 찰나, 아차 싶었다. 나는 이미

현역으로 입영 날짜가 나왔기 때문이다.

"그…… 그래……. 전혀 몰랐네……."

"아무튼 오늘 오랜만에 만나서 반가웠어! 난 이만 정은이 데리고 먼저 일어날게. 야, 이정은! 정신 차려, 이 기지배야!"

혜나는 인사불성인 정은이를 챙겨 술집을 나섰다. 나는 넋 놓고 그 모습을 바라보았다.

동창회가 파한 뒤, 집으로 돌아오는 길. 밤바람이 더욱 거세어져 가방 속 목도리를 꺼내지 않을 수 없었다. 목도리를 보자 순간, 명희 생각이 났다. 만약 그날 이 목도리와 함께 명희가 내게 고백만 하지 않았어도 나는 계속 혜나와 같은 학원을 다녔을 것이다. 그랬더라면 아마도…….

"저기요, 훈남 오빠!"

"예? 아, 설마 나 부른 거니?"

이 추운 날 교복만 입은 여고생이 재준을 불러 세우자, 재준은 의아하다는 듯 여고생을 위아래로 훑어보았다. 코트도 없이 교복만으로는 분명히 견디기 힘든 추운 날씨였기 때문이다.

"오빠, 혹시 되돌리고 싶은 순간이 있어요?"

"그게 무슨 말이야?"

"만약 오빠한테 한 번 더 기회가 주어진다면, 되돌리고 싶은 순간이 있냐고요."

"기회…… 기회라……. 만약 내게 한 번 더 기회가 주어진다면……."

"있군요? 제가 오빠한테 바로 그 기회를 팔까 하는데……."

"보아하니 이 근처 학교 학생인 것 같은데, 어른한테 그런 장난치면 못써!"

"피~, 어른은 무슨. 나랑 몇 살 차이도 안 나면서……. 오빠 대학생 아니에요?"

"대학생은 맞는데……."

"그래서 저한테 기회를 살 거예요? 말 걸예요?"

"그게 정말로 가능하다면야……. 실은 지금 간절히 되돌리고 싶은 순간이 있긴 해……. 아마 넌 어려서 말해도 이해 못 하겠지만, 정말로 작은 선택 하나가 때론 너무나 다른 결과를 초래하기도 하거든……."

"그래 봤자, 제 나이 때쯤의 선택 아닌가요?"

"맞아, 고등학생 때 했던 선택 하나가 오늘 너무 후회가 되네."

"만약 오빠한테 기회가 한 번 더 주어진다면, 이번에는 올바른 선택을 할 수 있겠어요?"

"그거야 당연하지!"

"그럼, 나한테 오빠 손 한번 줘 볼래요?"

"이렇게?"

재준은 어째서인지 여고생이 시키는 대로 행동하고 있었다. 여고생은 주머니에서 탁구공보다 조금 큰 투명한 구슬을 꺼냈다. 구슬 안에는 연기 같은 게 아지랑이처럼 피어 움직이고 있었다.

"이 구슬을 손바닥에 쥐고 되돌리고 싶은 순간을 떠올리면 돼요. 구슬 안에 그날의 장면이 떠오르면 그때 손을 쥐세요."

"이렇게 하면 되니?"

"지금 쥐라는 게 아니라! 되돌리고 싶은 순간이 구슬 안에 떠오르면 쥐라니까요."

"아아……. 알겠어. 별로 어렵진 않네."

"하지만 잘 생각해야 할 거예요. 어느 순간을 떠올릴지를."

"바꾸고 싶은 순간은 그때뿐이야."

"확실해요?"

"그럼. 아, 구슬값은 어떻게 치르면 되겠니?"

"으……. 저 지금 너무 추운데, 오빠가 지금 하고 있는 그 목도리, 저 주실래요?"

"이 목도리……? 이거 친구가 직접 뜬 거라 별로 좋은 것도 아닌데……."

"오빠, 구슬은 1개뿐이에요. 명심해요."

목도리를 건네받은 여고생은 그 자리에서 목도리를 목에 칭칭 감은 뒤, 입김을 내뿜으며 재준을 등지고 걸어갔다. 재준은 여고생이 사라질 때까지 기다렸다가 구슬을 손바닥에 올린 뒤, 그날을 떠올렸다. 곧 하굣길에 명희와 다투던 날의 영상이 구슬에 떠올랐고, 그대로 주먹을 쥐자 구슬은 연기처럼 사라졌다.

기회를 파는 소녀

"그럼 왜 이렇게 삐딱한 건데? 진짜 친구면 응원해 줘야 하는 거 아냐?"

"혜나 걔가 널 함부로 생각하는 것 같으니까 속상해서 그러지! 솔직히 점심시간에 우리 반 와서 네 숙제 베껴 가는 게 전부잖아! 그동안 내가 쭉 지켜봤는데, 걔는 어쩜 매점에서 빵 한 번을 안 사 오더라!"

"야, 오명희. 혜나에 대해서 알지도 못하면서 함부로 말하지 마."

재준이 정색하자 당혹함을 감추지 못한 명희가 말을 더듬거렸다. 재준은 마치 혜나의 대변인이라도 된 것처럼 혜나를 옹호하기 시작했다. 확신할 수는 없지만, 혜나도 분명 자신에게 마음이 있는 것 같았기 때문이다.

"재준아, 왜 그래. 명희가 너 걱정해서 그러는 건데……."

진수 역시 그런 재준이 당황스러웠는지, 방금 전까지 치던 장난을 멈추었다. 그저 멋쩍게 상황을 중재하려 했으나, 이미 차갑게 식은 분위기를 다시 살릴 순 없었다. 결국 세 사람은 말없이 갈림길까지 걸어가 어색한 인사를 나눈 뒤 각자의 집으로 헤어졌다.

"잘 가……."

"어……, 그래……."

"내일 보자……."

친구들과 언쟁 후 제대로 마음을 풀지도 못한 채 학원에 도착한 재준은 그날 처음으로 혜나의 옆자리에 앉았다. 혜나는 눈을 똥그랗게 뜨고 재준을 한 번 바라보았지만, 그것에 대해 별다른 언급을 하지는 않왔다. 재준은 고3이 되어서도 혜나와 같은 학원을 다녔고, 자연스럽게 은레동 삼총사와는 소원해졌다. 그래도 진수와 명희는 여전히 가깝게 지냈다.

"내가 원래 이런 거 잘 안 물어보는데, 명희 너……. 그날 왜 그렇게 재준이한테 예민하게 굴었어?"

"실은……. 3반 지나가면서 혜나가 친구들이랑 하는 얘기를 우연히 들었거든. 5반에 자기 대신 학원 숙제를 해 주는 애가 있어서 편하다고. 그냥 점심시간에 걔 꺼 베끼면 된다고."

"그랬구나……. 그럼 그때 재준이한테 사실대로 말하지 그랬어."

"어떻게 그래. 재준이가 혜나를 얼마나 좋아하는지 다 아는데……. 뭐 지금은 둘이 제법 친해진 것 같더만……. 학원도 계속 같이 다니고……."

"근데 솔직히 우리 학원이 대학은 더 잘 보내지 않나? 뭐 하러 사거리에 있는 학원까지 가냐 걔는. 선생님 실력도 우리 학원이 훨씬 좋은데……."

"혜나랑 같은 학원 다니고 싶은 건 이해하는데……. 그래도 좀 걱정이긴 하다. 엄마한테 얘기 들어보니까, 재준이 성적도 작년보다 떨어진 것 같은데……."

"명희야, 앞으로 딱 1년만 공부하면 돼! 우리는 성적 떨어지지 말자!"

명희와 진수는 6월 모의고사에서도, 9월 모의고사에서도 꾸준히 성적이 상승했다. 두 사람은 함께 도서관에 다니기 시작했고, 그해 겨울 명희는 자신이 직접 뜬 목도리를 두르고 수능을 치렀다. 진수와 명희는 둘 다 희망하던 대학에 진학을 했고, 재준만이 하향 지원한 대학 한군데에 합격했다. 고등학교 졸업과 동시에 진수와 명희는 연애를 시작했다. 마찬가지로 재준도 혜나와 연인 사이가 되었다. 두 커플은 간간이 동창들을 통해 서로의 소식만 듣고 지내는 사이가 되었다.

"재준아, 나 갖고 싶은 거 있어!"

"또?"

"이번에 나온 신상 백 할인한단 말이야!"

"아……, 알았어……. 다음 달 알바비 나오는 대로 사 줄게."

"재준이 최고!"

혜나는 재준에게 받은 선물들을 SNS에 올리며 주변 친구들에게 마음껏 과시했지만, 그곳에 남자친구의 존재는 단 한 번도 드러내지 않았다. 재준은 자존심이 상했지만 차마 대놓고 그것에 대해 묻지 못했다.

혜나는 언제나 고급스럽고 비싼 곳에서 데이트를 하길 원했으며, 재준은 그런 혜나와의 데이트 값을 충당하기 위해 늘 가장 저렴한 학식을 골라 먹어야 했다. 사실 후문 식당가도 한 끼 정도는 학식이랑 고작 1,000~2,000원 차이밖에 나지 않았다. 하지만 재준은 그렇게라도 한 푼, 두 푼 허리띠를 졸라매야만 데이트하는 날 혜나를 고급 레스토랑에 데려갈 수 있었다.

명희와 진수가 수도권에 있는 대학으로 지하철로 통학을 할 때, 재준은 지방으로 버스를 타고 통학했다. 대부분의 동기들이 학교 근처에서 자취를 하는 반면, 재준은 혜나와 멀어지고 싶지 않아 왕복 세 시간 거리의 통학을 기꺼이 감수했다.

1학년 2학기 마지막 기말시험을 치른 재준이 지친 몸을 이끌고 학교에서 돌아오는 길, 터미널 근처에서 진수와 명희를 마주쳤다. 두 사람은 같은 목도리를 하고 있었다. 재준이 멋쩍게 웃으며 그들에게 인사를 했다.

"오랜만이다……. 잘 지냈지?"

"재준아! 진짜 오랜만이다! 학교 갔다 오는 길이야?"

명희와 진수는 여전히 촌스러운 보세 옷을 입고 있었지만 재준의 눈에는 그런 두 사람이 한없이 좋아 보였다. 진수의 목에 둘러진 보풀 가득한 뜨개 목도리마저도 말이다.

"결국 혜나랑 사귄다며? 기준이한테 들었어! 축하해!"

명희는 해맑게 웃으며 재준을 축하했지만, 재준은 그런 명희의 미소를 보며 이상한 기분이 들었다.

"아, 너희도……. 들었어……. 축하한다……. 잘 어울리네!"

"어우, 명희 애 말이야! 대학생이 되어서도 날 자기네 학교 도서관으로 끌고 다닌다니까?"

"야! 강진수! 내 덕분에 장학금까지 받았는데, 이러면 곤란하다, 너?"

장학금은커녕, 알바비마저도 버는 족족 혜나의 사치품으로 소비되

고 있는 재준은 영문을 알 수 없는 부러움이 치솟았다. SNS 속 화려한
자신의 여자 친구 혜나와는 비교도 할 수 없을 만큼 촌스러운 명희가
왜 이제 와 멋져 보이는 것일까?

세 사람이 서 있는 터미널 길 건너편에 뜨개 목도리를 두른 채 서 있
던 여고생이 그들을 보며 중얼거렸다.

"훈남 오빠가 되돌려야 하는 순간은, 그날이 아니라 그다음 날 아침
이었어. 목도리를 가방에 넣지 말고 하고 있었어야지."

현우의 꽃 브로치

동네에 이상한 소문이 돌았어요. 우리 현우가 친구들을 괴롭힌다는……. 처음에는 그 나이 또래 애들의 짓궂은 장난 정도려니 생각했죠. 저는 제 아들이 절대 그럴 리가 없다고 굳게 믿었어요. 현우는 착한아이거든요. 어렸을 땐 넘어져 무릎에 피만 나도 엉엉 울 정도로 여린아들이었어요.

"야! 야! 뭘 째려봐!"

회사를 마치고 집에 오는 길 어디선가 현우의 목소리가 들려왔어요. 설마 싶었지만, 아들의 목소리를 엄마인 제가 헷갈릴 리 없잖아요? 저는 곧 목소리가 들려오는 아파트 단지 내 놀이터 쪽으로 발걸음을 옮겼어요.

"야! 이 새끼 봐라? 너 아직 정신 못 차렸지? 내가 오늘까지 게임기 가지고 오라고 했냐? 안 했냐?"

"그건 아빠가 작년 크리스마스 선물로 사 주신 거란 말이야……. 현우야 제발……."

현우를 포함한 3명의 친구들이 키가 작고 왜소한 한 아이를 빙 둘러싼 채 어깨를 툭툭 치고 있었어요. 처음에는 이게 다 꿈인 줄로만 알았습니다. 제가 알고 있던 아들의 모습이 아니었어요.

우리 부부가 맞벌이를 하다 보니 어린 시절 잠시 할머니의 손에서 자란 현우는 또래 아이들과 달리 유독 정이 많았습니다. 친구들의 생일마다 직접 손 편지를 써서 축하를 해 줄 정도로 다정한 아이였죠. 아빠와 함께 〈동물농장〉 같은 TV 프로그램을 보면 눈물을 뚝뚝 흘릴 정도로 측은지심이 짙은 그런 아이였습니다. 하지만 그동안 제가 너무 제 아들에 대해 무지했나 보네요. 놀이터 구석에서 힘없는 친구를 괴롭히고 있는 저 아이도 결국 현우였으니까요.

"현우야."

"어……, 엄마……!"

"이게 지금 뭐 하는 짓이니?"

"아……, 하하! 그냥 장난친 거야~ 장난! 그치 규진아?"

방금 전까지 어깨를 툭툭 치며 괴롭히던 아이의 이름은 규진이었어요. 현우는 마치 엄마는 아무것도 모를 거라는 듯 규진이의 어깨에 팔을 올리며 어깨동무를 하는 시늉을 했죠.

"그 팔 내리지 못해! 엄마가 방금 다 봤어! 엄마가 회사 다니느라 너한테 신경 쓰지 못하는 동안 설마 친구들 괴롭힌 거니?"

저는 순간 단지 내에 제 목소리가 쩌렁쩌렁 울릴 정도로 고함을 치고 말았습니다. 현우를 포함한 다른 아이들도 움찔할 정도였죠. 제 아들과 함께 규진이를 괴롭히던 두 녀석도 슬금슬금 눈치를 보기 시작하더라고요. 얼굴이 벌겋게 달아오른 현우가 그들에게 가라는 손짓을 보내자 저는 화를 참지 못하고 더욱 언성을 높였습니다.

"너희들도! 너희들도 그러면 되니? 안 되니! 어떻게 떼로 몰려서 이렇게 친구 하나를 괴롭힐 수 있어!"

"아……. 엄마……. 그만해……."

아들은 친구들 앞에서 혼나는 게 부끄러웠는지 제 팔을 붙잡고 이끄는 시늉을 하더군요. 저는 그런 아들의 팔을 뿌리치며 정색을 하고 다그쳤습니다.

"조용히 해!"

순간 현우가 움찔하더군요. 맞벌이하느라 다른 집 엄마들처럼 세심하게 신경 써 주지 못했던 게 늘 마음에 걸렸던 저는 대부분 아들에게 오냐오냐한 편이었습니다. 그동안 현우 역시 이렇다 할 큰 사고를 친적도 없었고요. 그랬던 엄마가 정색을 하자 아이가 적잖게 당황하는 게 눈에 보일 정도였습니다. 무서워서 어쩔 줄을 모르더군요. 하지만 저는 제 아들이 혼나는 동안에도 옆에서 줄곧 주눅 들어 있는 규진이, 그 아이에게 너무나 부끄럽고 미안했습니다. 그래서 더욱 언성이 올라

기회를 파는 소녀

갔던 것 같아요.

"너희들 몇 동 몇 호 사는 애들이니? 아줌마가 당장 너희들 부모님께도 연락드려야겠다!"

"아! 엄마! 그만하라고!"

"조용히 하지 못해!"

규진이와 아이들이 울먹이기 시작했고, 저는 얼른 규진이를 먼저 집으로 보냈습니다.

"규진아, 아줌마가 대신 사과할게. 정말 미안하다……. 미안해……. 얼른 집으로 가 보렴."

"아줌마……, 저희도 집에 가면 안 돼요? 훌쩍……."

나머지 아이들이 훌쩍이며 제게 애원하더군요. 저는 단호하게 부모님의 연락처를 요구했습니다. 그렇게 기어이 두 아이들의 부모님 연락처를 받아 냈고, 그분들께 전화로 먼저 자초지종을 설명 드렸습니다. 한 친구의 어머니는 10분도 채 되지 않아 놀이터에 나타나셨고, 다른 친구의 아버님도 곧 현장으로 오셨습니다.

"거, 애들끼리 좀 다툰 거 가지고 너무 유난이신 거 아니에요?"

"다툰 게 아니라 여럿이서 한 아이를 괴롭히고 있었어요!"

아이의 엄마는 자기 아들이 그럴 리 없다며 제 말을 부정하셨고, 묵묵히 듣고만 있던 다른 한 아이의 아빠는 갑자기 손바닥으로 아들의 뺨을 후려치는 게 아니겠어요? 곧 아이는 엉엉 울음을 터트렸습니다.

"죄송합니다. 자식 교육 똑바로 하겠습니다."

아이의 아빠는 이 말만을 남긴 채 아들과 함께 집으로 돌아갔습니다. 다른 한 아이의 엄마는 줄곧 아들의 어깨를 감싸며 토닥이기만 했고요. 저 역시 현우를 데리고 곧장 집으로 돌아왔습니다. 집에는 퇴근한 남편이 갸우뚱하게 우리 두 모자를 바라보며 "뭐야? 왜 둘이 같이 들어와? 엘리베이터에서 만났어?"라며 속없는 소리나 하더군요. 저는 곧 아들을 방에 들여보낸 뒤, 방금 전에 있었던 상황을 남편에게 설명했습니다.

"현우가 그랬단 말이지……."

남편은 잠시 무언가 곰곰이 생각하더니, 방에 있던 현우를 불렀습니다.

"현우야, 엄마한테 얘기 다 들었다. 언제부터 규진이를 괴롭혔니?"

"괴롭힌 거 아니에요……."

"또, 또! 엄마가 다 봤는데!"

"당신은 가만히 있어요. 현우야, 사실대로 대답하지 않으면, 아빠가 직접 규진이한테 물어볼 수밖에 없어."

"두…… 두 달 정도요……."

"그동안 얼마나 뺏었니? 설마 얼마 전부터 들고 다니던 새 게임기도 친구한테 빌린 게 아니라, 규진이한테 뺏은 거였니?"

아빠의 질문에 현우가 대답을 하지 못하자, 저는 한 번 더 억장이 무너졌습니다. 사 준 적이 없는 게임기를 들고 다니기에, 저 역시 당연히 친구한테 빌린 거라고 생각을 해 왔거든요. 어디서 난 거냐고 물었을

기회를 파는 소녀

때, 친구한테 빌렸다는 현우의 대답을 곧이곧대로 믿었던 겁니다. 그게 설마 규진이한테서 빼앗은 건 줄은……. 규진이의 부모님이 이 사실을 알게 된다면 얼마나 속이 상할까요. 같은 부모로서 마음이 미어졌습니다.

"일단 당분간 용돈은 없다. 그리고 앞으로는 수업 끝나는 대로 곧바로 집으로 오고. 당신은 애 종합반 하나 등록해서 방과 후에 딴 데로 못 새게 해요."

아빠의 엄포에 현우가 눈물을 뚝뚝 흘리는데 제 아들이지만 더 이상은 그 모습이 측은해 보이지 않았어요. 도리어 가증스러웠습니다. 〈동물농장〉을 보며 울먹이던 내 아들 현우는 더 이상 없었습니다.

다음 날, 현우와 함께 규진이를 괴롭히던 두 아이 중 한 아이가 학교에 현우에 관한 나쁜 소문을 내고 다니기 시작했습니다. 결국 현우는 학교에서 따돌림까지는 아니지만, 친구들에게 소외를 당하게 되었어요. 마마보이니, 쟤랑 놀면 쟤네 엄마한테 우리까지 혼난다느니…… 등의 소문으로 인해 더 이상은 기존의 친구들과 어울릴 수 없게 된 거죠. 그나마 다행인 건 더 이상 규진이도 괴롭힐 수도 없게 되었다는 점입니다.

명랑했던 아이가 주눅이 들어 내성적으로 변해 가는 걸 보면서 내심 미안하기도 했습니다. 말로 잘 어르고 달랠 걸 그랬나, 꼭 그렇게 소리를 질러야만 했나 자꾸 후회가 됐어요. 그날 이후 현우는 더 이상 친구들을 괴롭히지 않았지만 늘 학급 무리의 리더 격이었던 아이가 두세

명 남짓의 학원 친구들이랑만 교류하는 것을 보니 마음이 짠하더군요.

아이들은 곧 각자 다른 중학교에 진학해 서로에게 더 이상 영향을 끼치지 못하게 되었습니다. 저는 현우가 중학교에 가면 새 출발을 할 수 있을 거라고 생각했어요. 예전처럼 다시 밝아질 줄 알았습니다. 하지만 현우는 여전히 내성적이었어요.

그 와중에 아이들 사이가 참 희한한 건, 현우가 나중에 규진이에게 정식으로 사과를 했는지, 어쨌는지, 서로 다른 중학교에 진학을 했음에도 가끔씩 규진이가 저희 집에 놀러 오곤 했다는 겁니다. 처음에는 설마 여전히 규진이를 괴롭히나 싶어 마음이 덜컥했으나, 현우 방에서 둘이 스스럼없이 장난을 치는 모습을 보며 다행히 안도할 수 있었죠.

중학교를 졸업한 뒤 고등학생이 되어서도 현우는 소수의 친구들과 조용히 어울리는 아이가 되었습니다. 초등학생 때만 해도 체육부장이나 학급 반장을 도맡던 아이였는데, 더 이상은 학급 활동에 적극적으로 나서지 않더라고요. 어쩐지 전부 제 탓인 것 같았습니다.

"여보, 내가 현우 초등학생 때……. 그렇게 혼내는 게 아니었나 봐……."

"갑자기 무슨 소리야?"

"원래 밝고 명랑했던 아이가 그날 이후로 너무 주눅이 든 것 같아서……."

"하하하! 당신 그런 쓸데없는 생각을 하고 있었어? 남자애들은 원래 중학생 지나면 말수가 싹 사라져~. 당신 때문이 아니야."

기회를 파는 소녀

"그래도……."

"부모 앞에선 벙어리처럼 굴어도, 친구들이랑 놀 때는 자기 할 말 다 하는 게 남자애들이라고! 그러니까 당신도 너무 맘 쓰지 말아요~."

"정말 그런 걸까……?"

"현우가 얼마 전에 나한테 뭐라고 했는지 알아? 규진이랑 게임 코스프레 이벤트에 가고 싶은데, 엄마한테 비밀로 해 달라고……. 아차차, 이거 말하면 안 되는 건데……."

"규진이 말고는 학교에 친구도 별로 없는 것 같아서……."

"그러니까 우리 아들은 자기 잘못을 바로잡을 수 있는 사람인 거야. 사과는 누구나 할 수 있지만, 화해는 아무나 할 수 없거든."

남편은 현우의 상황을 그다지 심각하게 생각하지 않는 것 같았어요. 물론 그날 이후 현우는 한 번도 이슈가 될 만한 사고를 치지도 않았습니다. 오히려 너무 무탈했달까요? 저 역시 남편의 말을 곱씹으며 마음을 내려놓아야겠다고 생각했어요.

현우는 곧 대학생이 되었고, 군대도 다녀왔습니다. 정말이지 시간이 순식간에 훌쩍 지나갔어요. 중간에 아르바이트로 경비를 벌어 혼자 여행을 다녀오겠다며 휴학을 한 번 하기는 했지만, 나름 학점 관리도 잘하더군요. 장학금도 두 번이나 받아 왔습니다.

그 무렵 방송에선 육아에 관한 프로그램들이 우후죽순 생겨났어요. 제가 현우를 키울 땐 저런 게 없었는데……. 그때는 인터넷도 지금처럼 활성화되었을 때가 아니었으니까요. 제대로 방법을 알려 주는 사람도 없었고, 저도 부모는 처음이다 보니 한 치 앞만 내다보며 아이를 키울 수밖에 없었습니다.

그런데 자존감 교육이라든가, 올바른 아이로 키우는 훈육법 등을 다루는 방송을 보니 제 방법이 너무나 잘못되었다는 걸 알게 되었습니다. 아이에게 절대로 해서는 안 되는 행동만 골라서 제가 했던 거예요. 어린아이에게 모욕을 주거나 언성을 높여 혼을 내는 건 아이의 자존감에 아무런 도움이 되지 않는다는 방송들이 여기저기에서 반복적으로 나오는데, 할 수만 있다면 그날 밤으로 시간을 되돌리고 싶은 심정이었습니다.

현우는 대학 졸업식을 앞두고도 취직을 하지 못했습니다. 요새는 졸업 직전까지도 취직이 결정되지 않은 취준생이 많다는 사실을 뉴스를 통해 익히 들어서 알고는 있었습니다. 하지만 현우는 그 압박 면접이라는 것에 제대로 대응하지 못했다고 하더군요. 이 모든 게 전부 그날 제가 현우의 자존감 교육에 실패한 탓인 것만 같았어요.

졸업식 날 학사모를 쓴 채 꽃다발을 들고 있는 아들의 모습을 보고 있으니, 흐뭇하면서도 미안한 마음이 들었습니다. 현우와 남편은 활짝 웃고 있는데, 제 마음은 그렇지를 못했어요.

"엄마! 뭐 해~. 이리 와서 다 같이 사진 찍자!"

"어…… 어, 그래, 현우야!"

"엄마 나 금방 취직할 거니까, 걱정 마! 벌써 서류 면접 2군데나 통과했어!"

서류 전형에 통과해도, 대면 면접에서 우리 아들이 또 떨어지면 어쩌죠? 제가 너무 괜한 걱정을 하는 걸까요?

"아빠, 잠깐 이것 좀 들어 주세요!"

갑자기 현우가 꽃다발을 아빠 품에 넘기더군요. 곧 다발 속에서 가장 활짝 핀 꽃 세 송이를 뽑아 잘 엮어 꽃 브로치를 만들었습니다. 현우는 브로치를 제 가슴 주머니에 꽂으며 말했어요.

"엄마, 감사합니다. 그동안 저 키우느라 정말 고생 많으셨어요."

"녀석아, 아빠는? 엄마만 널 키웠어?"

"아, 아빠도 참! 하하하!"

순간 눈물이 왈칵 쏟아질 뻔했지 뭐예요. 저는 화장이 지워졌을까 싶어 잠시 화장실에 다녀오겠다 말한 뒤 자리를 피했습니다. 화장실에 도착했을 땐 이미 눈물이 쏙 들어가 버린 뒤였지만, 이왕 온 김에 손이라도 씻어야겠다고 생각했죠. 그 때 안쪽 칸에서 웬 교복 입은 여고생이 나오더라고요. 아마도 졸업생 가족이려니 생각했습니다.

"저기요, 아줌마."

"혹시 학생, 나 부른 거예요?"

"네. 아줌마 가슴에 있는 꽃 브로치가 참 예쁘네요."

"아, 이거……. 아들이 방금 만들어 준 거예요. 생화라 그런지, 참 곱죠?"

"아줌마는 혹시, 아줌마한테 기회가 한 번 더 주어진다면 되돌리고 싶은 순간이 있으세요?"

"응? 그게 무슨 말이에요?"

"그러니까 정말 만약에 말이에요. 인생에 한 번 기회가 다시 주어진다면……, 되돌리고 싶은 순간이 있으시냐고요."

"그럼~. 되돌리고 싶은 순간이야 많죠. 살다 보면 지나온 모든 선택이 죄다 후회투성이거든."

"그중에서 하나만 꼽으라면요?"

"하나만 꼽으라면……. 맞아요, 있어요. 그런 순간이."

"그럼, 제가 아줌마한테 그 순간을 되돌릴 수 있는 기회를 팔게요. 어때요?"

"정말 되돌릴 수 있어요?"

"만약 아줌마에게 기회가 한 번 더 주어진다면, 이번에는 올바른 선택을 할 수 있겠어요?"

"그럼! 그게 가능만 하다면야……. 우리 현우……."

"단 기회가 다시 주어졌을 때 새로운 선택을 하게 되면, 기존의 경험과 깨달음은 전부 사라지게 될 거예요."

"내 경험이요?"

"아줌마의 경험일 수도 있고, 다른 이의 깨달음일 수도 있죠."

여고생이 허리를 숙여 세면대에서 손을 씻은 뒤 세면대 옆 페이퍼 타월을 뽑아 양손을 닦으며 대답했다. 여고생의 말을 묵묵히 듣던 아줌마는 무언가에 홀린 듯 여고생과 거울에 비친 여고생을 번갈아 바라보 았다.

"학생, 그 기회는 어떻게 살 수 있어요?"

"음, 아줌마 가슴에 있는 꽃 브로치 향이 참 좋네요. 생화라 그런 가? 그 꽃 브로치 저 주실래요?"

"아……. 이건 아들이 방금 준 거라……. 화장실 다녀온 사이 없어지 면 이상하게 생각 할 텐데……."

"어차피 시간을 되돌리면 훗날 미래의 아들이 또 만들어 주겠죠."

"그렇겠네요! 그래요, 이 꽃 브로치는 학생 가져요."

여고생은 주머니에서 투명한 유리구슬을 꺼내 아줌마의 손바닥에 위에 올려놓았다.

"이 구슬을 보면서 시간을 되돌리고 싶은 순간을 떠올리세요. 구슬 안에 그날의 영상이 떠오르면 그때 손을 쥐세요."

"고마워요, 학생. 고마워!"

"별말씀을요."

아줌마와 여고생은 함께 화장실 밖으로 나와 가볍게 목 인사를 한 뒤 각자 반대 반향으로 걸어갔다. 아줌마는 저 멀리 남편과 함께 있는 아들이 팔을 들어 크게 손을 흔드는 것을 보면서 결심했다.

"현우야, 엄마가 이번에는 정말 잘할게."

구슬 안에 그날의 영상이 떠올랐고, 아줌마는 아들을 한 번 본 뒤 손 을 쥐었다. 곧 구슬은 연기를 뿜으며 녹아내렸다.

"야! 야! 뭘 째려봐!"

단지 내 놀이터 쪽에서 현우의 목소리가 들려오자, 선영은 심호흡을 한 번 한 뒤 아이들의 목소리가 들리는 쪽으로 걸어갔다.

"야! 이 새끼 봐라? 너 아직 정신 못 차렸지? 내가 오늘까지 게임기 가지고 오라고 했냐? 안 했냐?"

그곳에서는 현우와 친구들이 키가 작고 왜소한 한 아이의 어깨를 툭툭 치고 있었고, 선영은 이대로 못 본 척 발길을 돌릴까 하다 무언가 결심한 듯 이내 다시 아이들에게 다가가 상냥하게 말했다.

"너희들 여기서 뭐 하니?"

"아……. 어…… 엄마……."

"늦었는데 다들 뭐 하고 있었어~? 부모님 걱정하시겠다. 얼른 모두 집으로 돌아가렴."

"아, 응……. 규진아, 잘 가라~"

현우와 친구들은 규진이의 어깨를 툭툭 치며 어색한 인사를 건넸다. 선영은 그것을 애써 모른 척하며 현우를 데리고 집으로 돌아왔다.

"현우야, 혹시 요새 용돈이 부족해?"

"아니!"

"갖고 싶은 게임기 있어?"

"아, 뭐야……. 아까 다 들었어……? 엄마, 엄마가 생각하는 그런 거 아냐~! 그냥 친구끼리 장난친 거야."

"친구들이랑 사이좋게 지내는 거 맞지? 우리 아들 설마 힘없는 친구

괴롭히거나 그런 거 아니지?"

"엄마는 날 뭐로 보고! 그런 거 아니라니까……."

"엄마는 현우 믿을게. 혹시라도 갖고 싶은 게 있으면 엄마, 아빠가 전부 사 줄 테니까……."

"알았어! 알았다구요!"

현우는 선영의 말이 채 끝나기도 전에 방에 들어가 버렸다. 선영은 오늘 본 장면을 절대로 남편에게 말하지 말아야겠다고 생각했다.

그날 이후 선영은 아들의 용돈을 2배로 올려 준 뒤, 규진이를 포함해서 그날 놀이터에 있었던 친구들을 전부 집으로 초대했다.

"다들 우리 현우랑 친하게 지내 줘서 고마워~! 아줌마가 오늘 너희들 먹고 싶은 거 다 시켜 줄게! 우리 규진이는 뭐 먹고 싶니?"

"예……? 아……, 저……, 저는 아무거나 좋아요……."

"저는 아. 무. 거. 나. 요~! 큭큭크."

현우와 친구들이 규진이의 말투를 조롱하듯 따라 했다. 선영은 애써 말을 돌리며 다른 친구들에게 말했다.

"너희들도 먹고 싶은 거 있으면 마음껏 고르렴!"

"저는 치킨이요!"

"저도 치킨이요!"

"엄마, 난 피자!"

"그래, 그래. 그럼 아줌마가 치킨이랑 피자 주문해 줄 테니까, 기다리는 동안 현우 방에서 게임이라도 하면서 기다릴래? 현우한테 새 게임기 있으니까 다 같이 사이좋게 놀고 있으렴."

선영은 더 이상 아들이 친구의 게임기를 빼앗지 않도록 현우에게 다양한 최신 게임기를 사 주었다. 방으로 들어간 아이들은 여전히 교묘하게 규진이를 괴롭혔으나, 이를 알 리 없는 선영은 곧 다들 친해질 수 있을 거라고 생각했다.

넉넉해진 용돈에 갖고 싶었던 게임기까지 생긴 현우는 이제 색다른 자극을 찾기 시작했다. 그 무렵 동네 사고뭉치들 사이에서는 문방구에서 자그만 샤프나 볼펜을 훔치는 게 유행하고 있었다. 몇몇 아이들은 더러 사장님한테 걸려서 혼쭐이 나기도 했지만, 현우와 일당들은 번갈아 망을 보며 지능적으로 좀도둑질을 즐겼다.

"야, 이규진! 망 똑바로 봐라! 걸리면 너 혼자 뒤집어쓰는 거다!"

"현우야, 우리 이런 거 하지 말자……."

"아, 닥치라고!"

공부 따위에는 관심도 없는 녀석들이었기에 훔친 샤프나 볼펜 등은 그길로 상가 뒤 화단에 던져 버리기 일쑤였으나, 부모님과 비슷한 연배의 사장이라는 어른이 자신들의 도둑질을 눈치조차 채지 못하는 상황이 녀석들에겐 너무나 짜릿했다. 이대로는 부모님도 거뜬히 속여 넬 수 있을 것 같았다.

선영은 현우와 규진이가 꾸준히 교류하는 것을 보고, 아이들이 금세 친해졌다고 생각했다. 볼 때마다 규진이가 다소 주눅 들어 있기는 했으나, 원래 좀 내성적인 아이였구나, 라고 편할 대로 판단했다. 무엇보다

기회를 파는 소녀

더 이상 현우의 책상에 자신이 알지 못하는 새로운 게임기나 물건이 발견되지 않았기 때문에 이제는 괴롭힘이 멎었다고 굳게 믿었다.

현우는 점점 더 영악해졌다. 어른들 앞에서는 살갑고 예의 바르게 굴었으나, 보이지 않는 곳에서 더 많은 친구를 괴롭혔다. 돈을 뺏거나 물건을 빼앗는 대신, 증거가 남지 않는 언어 모욕을 일삼았다. 명확한 증거가 남는 폭력은 또 휘두르지 않아서 피해 학생들도 딱히 선생님께 이르거나 하지 못했다.

"현우야, 요즘 학교생활은 어떠니?"

"당연히 잘하고 있지~! 걱정 마, 엄마!"

"중학교에 가서도 절대 여럿이서 한 친구를 괴롭히거나 하면 안 된다! 알지?"

"그럼! 친구를 내가 왜 괴롭히겠어!"

중학생이 된 현우는 1학년 때까지는 제법 얌전하게 학교생활을 하다가 중2가 되자마자 후배들을 괴롭혔다. 처음에는 지나가면서 어깨를 툭툭 치는 정도였는데, 나중에는 질 나쁜 무리들과 담배를 피우기 시작하더니, 곧 후배들의 돈을 뜯었다. 담뱃값이 필요했기 때문이다.

선영은 주는 용돈은 넉넉했으나, 용돈으로는 메이커 패딩을 사야 했기에 담뱃값은 후배들로부터 충당을 해야 했다. 후배들은 감히 선배를 고자질하지 못했고, 현우는 시간이 지날수록 점점 더 기고만장해졌다. 중3이 되었을 땐, 3년 전 아파트 단지에서 규진이를 함께 괴롭혔던 친구와 같은 반이 되어 다시 절친이 되었다. 규진이는 현우 무리의 교묘

한 괴롭힘을 감당하지 못해 먼 동네로 전학을 갔다.

선영은 아들이 다양한 친구들과 골고루 교류하는 것을 보며 뿌듯했다. 자신의 아들은 늘 무리의 우두머리였고, 친구들도 다들 현우를 좋아하는 것 같았다. 교우관계가 두루 넓다 보니 성적은 좀 떨어졌지만, 대신 반장에 당선되기도 했다.

선영의 기준에 현우는 고등학생이 될 때까지도 별다른 사고를 치지 않았다. 그동안 단 한 번도 선영이 학교에 불려 가는 일은 없었으며, 현우는 늘 집에서 부모에게 상냥했다. 그러던 어느 날, 고2 담임 선생님이 선영을 학교로 호출했다.

"현우가 친구들을 괴롭히는 것 같아요, 어머님."

"그럴 리가요……? 우리 현우는 그럴 애가 아니에요!"

"믿기 힘드시겠지만……. 제가 주말에 번화가에 나갔다가 직접 목격했습니다."

"선생님이 잘못 보신 거 아닌가요? 남자애들을 으레 짓궂은 장난을 치곤하잖아요……?"

"이미 후배들 사이에서는 유명하더라고요. 담배 심부름에, 빵 셔틀까지……."

"현우가 담배를요……? 정말 저희 현우가 그랬대요?"

선영에게는 더 이상 선생님의 목소리가 들리지 않았다. 주변이 점점 깜깜해지면서 어젯밤에도 저녁 식탁에서 상냥하게 웃던 아들의 모습만이 맴돌았다. 도대체 어디서부터 잘못된 것인지 선영은 도무지 알

기회를 파는 소녀

수가 없었다. 그녀는 아들에게 늘 용돈을 넉넉히 주었으며, 친구들과 사이좋게 지낼 것을 항상 당부했다. 다른 집처럼 큰 소리 한 번 내지 않고, 손찌검 한 번 하지 않았다. 부모로서 온화하게 훈육했다고 생각했는데, 이게 다 무슨 말인지 선영은 도무지 받아들일 수가 없었다.

"요새 아이들답지 않게……, 좀 영악하게 친구를 괴롭혔더라고요. 처음에는 다른 과목 선생님들도 이 사실을 믿지 않았습니다. 왜소하고 힘없는 친구를 골라 어른들이 보지 않는 곳에서만 괴롭힌 데다가, 어른들이 볼 때는 도리어 친한 척까지 했기에 저희도 그간 전혀 짐작하지 못했습니다."

선영은 문득 그날 밤 일이 떠올랐다. 현우가 규진이를 괴롭히던 걸 처음 목격했던 날, 아들의 가해행위를 자신이 분명하게 목격했음에도 그런 게 아니라고 부정하는 현우를 그녀는 더 이상 추궁하지 않았다. 어쩌면 그날 밤, 그 어린 초등학생은 자신이 엄마를 능숙하게 속여 넘겼다고 생각했던 걸지도 모른다. 심지어 다음 날 부모는 혼을 내기는커녕 도리어 용돈을 올려 주고 게임기까지 사 주었으니 말이다.

처음에는 아들의 자존감을 위해 선영이 모른 척 넘어가 주던 상황이었으나 점점 그녀 자신도 아들의 연기에 속아 넘어가게 된 것이다. 선영은 덮어놓고 믿고 싶었다. 우리 아들은 착한 아이가 분명하다고. 선영이 현우를 직시하지 않자, 현우는 곧 집에서도 가면을 쓰는 것에 능숙해졌다. 어른이 우스워진 아이는 더 이상 어른 앞에서 가면을 벗지 않았다.

현우의 학교 운동장에는 이곳 교복과는 전혀 다른 교복을 입은 여고생이 쪼그려 앉아 풀꽃을 보고 있었다.

"어쩌나, 아줌마는 이제 손수 꽃 브로치를 만들어 주는 아들을 다시는 만날 수 없겠네."

나래의 수제 립밤

고3 봄엔 졸업 사진을 찍기 때문에 대부분의 친구들이 고2 여름 방학 때 성형을 하곤 해. 그런데 윤지는 고1에서 고2로 넘어가는 겨울 방학 때 쌍꺼풀 수술을 했더라고. 심지어 티가 전혀 나지 않을 정도로 부기가 쏙 빠진 채 개학날 학교에 나타난 거야. 친구들 사이에서는 완전 난리가 났지.

"윤지야, 너 방학 때 쌍꺼풀 수술 한 거야?"

"티 하나도 안 나! 진짜 너무 예쁘다!"

다른 반 친구들까지 쉬는 시간에 몰려올 정도로 윤지는 예쁜 쌍꺼풀을 갖게 되었어. 원래는 반에서 그다지 눈에 띄지 않는 평범한 친구였는데, 하루아침에 외모 서열이 올라가게 된 거야. 갑자기 SNS 계정 친구도 3배나 늘더라?

요새는 빠르면 중학생 때부터 성형에 관심을 갖는다고는 하지만, 동시에 또 요즘 친구들은 막상 성형을 해도 대단히 예뻐지는 게 아니라는 것 정도는 이미 잘 알고 있어서 무턱대고 성형을 맹신하거나 하지도 않아. 그런데 평범했던 윤지가 한순간에 확 예뻐진 걸 보고 친구들 사이에선 성형 예찬이 펼쳐지기 시작했어.

학기 중에는 수술을 받을 수 없으니 다들 여름 방학을 노리는 분위기였어. 그중에서도 병원에 관한 정보가 가장 중요했는데, 윤지 이 기지배가 자기 병원 정보는 꼭꼭 숨기는 거야! 엄마 손에 이끌려 간 거라, 병원 이름이 잘 기억이 안 난다느니, 압구정 어디였던 것 같은데 정확히 생각이 안 난다는 둥……. 아니 압구정에 성형외과가 한두 개야? 아마 다른 친구들도 자기처럼 예뻐질까 봐 신경이 쓰였던 거겠지. 뭐, 솔직히 이해는 해. 그래서 나는 다른 친구들처럼 윤지한테 대놓고 물어보는 대신 남몰래 인터넷 후기들을 서치하면서 윤지가 수술한 병원을 뒷조사하기 시작했어. 홈페이지에 올라온 성형 전후 사진이 아무리 부분 사진이라고 해도 난 윤지의 눈 사진을 정확히 찾아낼 자신이 있었거든.

병원을 알아보는 틈틈이 여름 방학 땐 나도 성형이 하고 싶다는 의사를 비치며 본격적으로 엄마를 조르기 시작했어. 아직 1학기 중간고사도 치르지 않았는데, 내 마음은 이미 여름 방학에 가 있었지. 2학기 개학날 전교생이 날 우러러보는 상상을 수도 없이 했던 것 같아.

기회를 파는 소녀

"나래야! 왜 이렇게 예뻐졌어!"

"수술한 거 진짜 티 하나도 안 난다! 마치 원래 네 눈이었던 것처럼 말이야!"

"야, 3반 이나래 봤냐? 걔 원래 그렇게 예뻤어?"

여학생들의 부러움 가득한 시선과 남학생들의 수군거림을 매일 밤 상상했어. 상상 속 나는 이미 학교의 유명인사가 되어 있었지. 엄마는 처음에는 절대로 안 된다고 하다가 내가 매일 떼를 쓰니까 조건을 거셨어. 중간, 기말 평균 85점을 넘길 것. 평소 75점 전후의 성적을 받았던 나였기에 평균 85점은 불가능에 가까운 성적이었어. 전 과목을 과목당 10점 이상씩 올려야 하는 거잖아! 하지만 난 굴하지 않았지. 성형에 대한 내 열망은 엄마의 예상을 뛰어넘었어.

먼저 대학에 들어간 사촌 언니에게 과외까지 받으며 나는 공부에 박차를 가했어. 친척들 중에서도 가장 똑똑했던 사촌 언니는 내 눈높이에 맞추어 부족한 과목에 대한 설명을 굉장히 쉽게 풀어서 해 주었어. 나는 난생처음 코피까지 쏟아 가며 밤을 새워 공부를 했고, 결국 중간고사 평균 성적 83점을 받아 냈지!

물론 이대로 만족할 순 없었어. 기말고사에서 87점 이상을 받아야 엄마가 약속한 조건에 부합하는 거니까, 아직은 긴장을 늦추면 안 되거든. 수학은 지금 성적에서 더 이상 점수를 올릴 자신이 없어서 그나마 가능성이 있는 영어에 더욱 매진을 했어. 영어는 지문 해석만 잘하면 그럭저럭 성적이 나오더라고! 사실 말도 안 되는 얘기지만, 이 무렵

아주 잠깐 공부가 재밌다는 생각마저 들었어. 노력한 만큼 성과가 나와서였을까? 가채점을 할 때마다 동그라미가 늘어 가는 걸 보면 정말이지 어떤 희열 같은 게 느껴지더라. 이대로만 성적을 유지하면 수도권에 있는 대학에도 갈 수 있겠지? 모 명문대 미모의 신입생 타이틀은 어쩌면 내 것이 될지도 몰라!

하지만 안타깝게도 이번 기말고사는 난이도가 너무나 높게 출제되었고, 결국 난 87점을 받아 내지 못했어. 결과는 85.5점. 기말고사 마지막 날, 가채점 후 나는 책상에 엎드려 엉엉 울어 버리고 말았지. 친구들은 아마도 내가 시험을 망쳐서 울었다고 생각했겠지만, 사실 그 점수는 내 인생 최고점이었어. 다만 엄마의 성형 약속이 물 건너가 버렸다는 사실이 너무나 속상했어. 이미 내 머릿속에서는 대학생이 된 내가 우리 과 훈남과 CC가 되는 것까지 시뮬레이션이 다 끝났는데…….

왜 선생님들은 하필 이번 기말고사 난이도를 올려 버린 거냐구! 차라리 2학기 중간, 기말 난이도를 올리지……. 그때쯤엔 이미 난 성형을 마치고 예뻐진 뒤일 텐데! 친구들은 왜 하필 이번 시험을 그렇게 잘 봤담! 불특정 다수에게 말도 안 되는 원망이 극에 달했을 때 엄마가 말했어.

"나래야, 정말 많이 노력했네. 세상에, 85.5점이라니!"

"엄마, 나 진짜 열심히 했어. 엄마도 알잖아……. 비록 평균 점수 85점은 못 넘겼지만, 어떻게 안 될까……?"

"우리 딸 공부하는 거 엄마가 쭉 지켜봤는데, 정말 열심히 하더라.

기회를 파는 소녀

엄마가 여름 방학 때 성형시켜 줘도 성적은 꾸준히 올릴 거지?"

"그⋯⋯, 그럼! 당연하지! 2학기 때는 90점 넘길게! 진짜야, 나 자신 있어!"

전~혀. 평균 점수 90점을 넘기는 건 불가능에 가까워. 사촌 언니가 대신 시험이라도 치러 주지 않는 한 말이야. 하지만 나는 지금 당장 엄마의 입에서 성형 허락이 떨어지기만 한다면 못 할 약속이 없었지. 엄마는 곧 피식 웃으며 대답했어.

"병원은 알아봤지?"

"그럼! 우리 학교에 쌍꺼풀 수술 진짜 예쁘게 된 친구가 있는데, 그 친구 수술한 병원에서 나도 하면 돼!"

수십 수백 개의 성형외과 홈페이지 중에서 윤지의 눈인 듯, 닮은 사람인 듯 알쏭달쏭한 후기를 하나 발견하긴 했는데, 정확한 확신은 없었다? 하지만 엄마의 허락이 떨어지고 나니, 이 병원의 부분 후기 사진 속 눈은 윤지의 눈이 확실해 보였어!

친구들에게는 당연히 말하지 않았지. 어차피 개학 후 성형 사실을 감출 순 없겠지만, 그래도 무언가 서프라이즈하게 예뻐져서 짠~ 하고 나타나고 싶었거든.

부기 관리를 해야 하기 때문에 성형 수술 날짜는 방학하자마자 이틀 뒤로 예약했어. 수술 전날 사촌 언니가 집으로 왔는데, 기말고사 이후로도 과외는 꾸준히 받아야 했어. 2학기에는 평균 점수 90점을 넘기겠노라고 당당하게 선언했는데, 이제 와서 과외는 그만해도 된다고 말해 버리면 엄마한테 내 속내를 들킬 것 같았거든. 사실 기말고사가 끝난 이후로는 사촌 언니도 눈치껏 설렁설렁하게 수업을 해 주고 있었어. 가끔 언니는 수업 대신 대학생활에 관한 이야기를 들려주곤 했는데, 나는 그 이야기를 들을 때마다 상상 속 캠퍼스 라이프에 나를 대입했어.

"저……, 나래야, 실은 나 너 좋아해."

미지의 상상 속 과대는 아이돌의 얼굴을 하고 있었고, 그 반짝이는 외모로 양 볼을 붉히며 나에게 고백을 하는 거야! 꺄아아!

"나래야, 이거 언니가 주는 선물이야."

"이게 뭐야?"

"바세린이랑 쉐도우 가루 조금 조합해서 언니가 직접 만든 수제 립밤이야. 학생이라 색조 있는 화장품은 쓰면 안 되잖아?"

언니는 요즘 애들이 화장도 안 하는 줄 아나 봐. 다들 선생님 몰래 비비크림이나 틴트 정도는 바르는데 말이야. 하지만 언니의 선물에 굳이 찬물을 끼얹고 싶지는 않았어. 솔직히 화장하는 친구들은 일부 따로 정해져 있어서 사실 난 그동안 맨얼굴로 학교에 다녔거든. 그런데 성형을 한 뒤 예뻐지고 나면, 나도 더 이상 맨얼굴로는 학교에 가지 않을 참이야!

"언니, 고마워! 색 너무 예쁘다! 이 정도면 학주쌤한테도 안 걸리겠는데?"

언니한테 받은 립밤의 뚜껑을 열어 손등에 살짝 칠해 보았더니 정말

기회를 파는 소녀

은은하게 색상이 들어 있어서 학교에서도 걸리지 않을 수 있을 것 같았어. 책상 위에 있던 손거울을 들어 입술에도 한 번 발라 보았는데, 입술에 반짝반짝 윤기가 돌자 순간 얼굴이 굉장히 화사해 보이는 거야. 성형을 하고 난 뒤 다시 입술에 바르면 여기서 얼마나 더 예뻐질까? 나는 상상만으로도 온몸이 배배 꼬였어.

다음 날 엄마와 함께 병원에 갔고, 한 시간 정도 대기 후 나는 수술대에 누워 천장에 있는 눈부신 조명을 보면서 잠이 들었어. 무언가 롤러코스터 같은 걸 탄 기분이었는데, 그게 마취가 되는 과정이래. 롤러코스터를 타면서 생각했지. 이렇게 잠이 든 뒤 다시 눈을 뜰 때면 나는 우리 학교 최고의 미녀가 되어 있을 거야!

"수술 끝났습니다."

누군가의 목소리와 함께 몽롱한 잠에서 깨어났고, 엄마와 함께 회복실에서 두 시간 정도 누워 있다가 집으로 돌아왔어. 집에 도착하자마자 거울을 봤는데, 이게 웬일이야! 거울 속에 웬 슈렉 공주 피오나가 있는 거야! 양쪽 눈두덩이에 푸르딩딩한 피멍이 들어 있었고, 수술한 부위는 마치 비엔나소시지를 얹어 놓은 것 같았어!

"엄마! 이게 뭐야! 나 수술 어떻게 된 거야!"

"어유, 당연히 처음에는 붓지! 의사 선생님도 며칠 지나면 가라앉을 거라고 그랬어. 약 잘 챙겨 먹고, 엄마가 사다 놓은 호박즙도 하루 세 번 까먹지 말고! 그래야 부기가 빨리 가라앉지."

"저……, 정말 괜찮은 거지? 나 수술 실패한 거 아니지……?"

"부기가 빠져 봐야 알겠지만, 당연히 예쁘게 잘해 주셨겠지! 엄마가 병원에서 받은 냉동 안대 지금 냉동실에 넣어 둘 테니까, 아침에 일어나서 눈 식히는 거 잊지 말고."

"어. 알겠어……."

나는 불안한 마음에 인터넷 성형 후기들을 다시 찾아보았어. 대부분 성형 전후 예뻐진 사진들 위주였는데, 간혹 수술 당일 사진을 올린 후기도 있었어. 예뻐진 사람들의 수술 당일 후기 사진을 보자 그제야 좀 안도가 되었어. 첫째 날에는 원래 다 이런 거였더라고!

수술하고 처음 5일 동안은 누워서 자지도 못했다? 앉은 자세로 벽에 기대어 자거나, 이불을 쌓아 올린 뒤 상체를 높이고 자야 했는데, 와~ 정말이지 종일 온몸이 뻐근해서 혼났지 뭐야! 예뻐지는 건 진짜 쉽지 않더라. 난 사실 그동안 막연하게 수술만 하면 곧장 짠~ 하고 예뻐질 줄 알았거든. 하지만 윤지도 지난겨울 이런 과정을 전부 겪은 거겠지?

5일이 지난 뒤 드디어 실밥을 풀고 누워서 잘 수 있게 되었어. 그런데 피멍은 그대로더라……. 병원에서는 수술 중 나도 모르게 눈에 힘이 들어가는 바람에 그런 거라는데, 아무리 그래도 이건 좀 너무 심한 거야. 마치 스모키 메이크업을 한 여자 연예인들처럼 눈 주변의 불규칙한 멍들이 거울을 볼 때마다 계속 신경 쓰였어. 그렇게 실밥을 푼 뒤, 일주일이 지나고 이주일이 지났음에도 피멍은 여전하더라. 이러다 개학날까지 멍이 안 빠지면 어쩌지……? 갑자기 이 모든 상황이 무서워지기 시작했어. 성형 후기를 뒤질 때까지만 해도 소수의 수술 부작용

기회를 파는 소녀

후기들은 내 얘기가 아니라고 생각했어. 전보다 예뻐진 사진들에만 내 자신을 대입했지, 설마 내가 부작용을 겪게 될 거라고는 추호도 생각하지 않았거든……. 솔직히 나는 수술만 하면 윤지보다 훨씬 더 예뻐질 거라고 생각했어. 난 윤지보다 피부도 하얗고, 콧대도 높았으니까…….

그런데 거울 속 내 모습은 내가 수도 없이 상상했던 그 모습이 아니었어. 매일 호박즙을 마시고, 온찜질과 냉찜질을 번갈아 했지만, 부기가 빠지는 속도는 예상했던 것보다 너무 더뎠어. 이대로는 개학날 전교생이 내 눈을 보고 뒤에서 수군거릴 것 같았지.

'성괴'

그 두 글자가 처음으로 머릿속에 맴돌았어. 나는 왜 막연히 수술만 하면 드라마 속 미모의 여배우들 같은 눈이 될 거라고 생각했던 걸까? 윤지는 잘만 된 수술이 왜 난 실패한 걸까? 역시 내가 수술한 병원은 윤지가 수술한 병원이 아니었던 건가? 차라리 용기를 내서 윤지한테 직접 물어볼 걸 그랬어. 맛있는 거라도 사 주면서 물어봤으면 알려 줬을지도 모르는데……. 나는 괜한 자존심에 윤지한테만큼은 끝까지 직접 물어보지 않았어. 하긴 윤지가 솔직하게 병원을 알려 주었다 한들 내 눈도 예쁘게 된다는 보장은 없는 거잖아? 수술할 때 눈에 힘이 들어간 건 내 탓이고, 내 과실인데……. 병원에서는 시간이 지나면 괜찮아질 거라는 말만 반복하고, 엄마는 딸한테 콩깍지가 끼었는지 볼 때마다 "우리 딸 벌써 부기 많이 빠졌는데?" 이 말만 계속해……. 처음에는 날 위로하기 위해서 하는 말인 줄 알았는데, 이모들한테 전화로 나래 눈이 2배가 되었다느니, 전에도 귀엽긴 했지만 확실히 예뻐졌다느니 등의 통화를 하는데, 진짜 어른들은 미의 기준이 좀 이상한 것 같아.

수술한 티가 확 나는 그런 미인 말고, 난 좀 자연스러운 미인이 되고 싶었어. 처음 본 사람은 내가 말하기 전에는 수술한 줄도 모르는 그런 성형 말이야. 윤지는 눈두덩이에 수술 자국도 남지 않았고 부기도 전혀 없었어. 우리야 같은 학교를 다녔던 친구들이니까 성형 사실을 모를 수 없었지만, 처음 본 사람은 누가 봐도 윤지를 자연미인이라고 생각할 거야.

그런데 나는 눈을 감을 때마다 수술 자국이 확연하게 드러났고, 부기는 처음보다는 좀 가라앉았지만 그래도 성형한 티가 확실하게 났어. 다행히 방학이 거의 끝나 갈 무렵, 피멍은 거의 다 빠졌지만, 그래도 결국 성형한 티가 팍팍 나는 상태로 개학을 맞이할 수밖에 없었지…….

개학날 아침, 죽기보다 학교에 가기 싫었어. 왜냐하면 고2 여름 방학에는 성형을 하고 오는 친구들이 분명히 나 말고도 더 있을 거거든. 친구들의 조롱이 벌써부터 귓가에 들리는 것만 같았어.

'야, 3반 이나래 봤냐? 완전 성괴 아니냐?'

'어디서 수술한 거래? 그 병원은 피해야겠다.'

엄마는 이런 내 속도 모르고, "학교 가면 친구들이 다들 우리 나래 예뻐졌다고 하겠네!"라며 현관에서 배웅을 하는데, 정말이지 속이 타들어가는 기분이었어. 엄마 눈에만 예쁜 거라고, 엄마 눈에만……. 요

기회를 파는 소녀

즘 애들은 이런 거 하나도 예쁘다고 생각 안 한단 말이야…….

교문을 들어서서 운동장을 지나 교실에 도착할 때까지 바닥만 보고 걸었던 것 같아. 어떻게 교실까지 왔는지도 모르겠어. 교실에 앉아서도 바로 책상에 엎드려 버렸고.

"나래야! 방학 잘 보냈어?"

그 때 반장이 내 어깨를 치며 인사를 건넸어. 고개를 들지 않고 대답을 하기엔 좀 부자연스러운 상황이었지. 나는 결국 고개를 들어 반장의 인사에 답을 했어.

"어……, 어. 반장, 오랜만이야."

"어머 세상에! 나래 너 여름 방학 때 눈 수술한 거야?"

갑자기 교실이 소란스러워지기 시작했어. 아직 반 친구들이 다 도착한 것도 아닌데, 그 순간의 웅성거림은 점심시간과 맞먹을 정도였지.

친구들은 돌아가면서 내 눈 구경을 하기 시작했고, 다들 인사치레인지 진심인지 모를 말로 "부기 빠지면 예쁘겠네!", "와, 어느 병원이야? 얼마 들었어?" 등의 질문을 해 댔어. 나는 머뭇거리며 친구들의 질문에 하나씩 답을 했고, 그 때 교탁 쪽에서 칠판 정리를 하던 윤지가 눈에 들어왔어. 정말이지, 개학하고 가장 마주치고 싶지 않았던 게 윤지였는데…….

기분 탓일 수도 있고, 자격지심일 수도 있는데, 윤지가 날 한 번 힐끗 보더니 비웃는 것처럼 느껴지는 거야! 알아, 안다고. 분명 내가 과민하게 느낀 거겠지. 하지만 우리 반에서 성형을 한 2명 중 1명은 누가 봐도 예쁜 눈을 가졌고, 1명은 피오나 공주가 되어 버렸어. 그런데 과연 윤지가 내게 우월감을 느끼지 않을 수 있을까?

문득 그런 생각이 들었어. 수술하기 전날 사촌 언니가 선물해 준 립밤만 발랐던 그 얼굴이 적어도 지금보다는 예뻤겠다는 생각. 나는 괜히 주머니 속 애꿎은 립밤만 만지작거렸어. 아침에 등교 준비하면서 막상 입술에 바르려니, 성형에 입술에……, 예뻐지려고 발악하는 것처럼 보일까 봐 차마 못 바르겠더라고…….

다행히 개학 후 나의 성형 이슈는 금방 잊혔어. 다른 반에도 수술을 하고 나타난 친구들이 제법 있었고, 내가 예민했던 건지, 정말로 엄마 말이 맞았던 건지……. 생각보다 친구들이 내 눈을 예쁘게 봐 주었거든. 역시 미의 기준은 정말 다양한 것 같아.

90점을 넘기겠다는 2학기 중간고사는 당연히 망해 버렸지. 더 이상의 동기부여 거리가 없었으니까. 아니, 차라리 1학기 때 시험을 잘 보지 않았더라면, 엄마 성에 차지 않을 점수였다면 난 지금쯤 어떤 모습이었을까? 여전히 윤지와 다른 친구들을 보며 성형을 갈망하고 있을까?

수술 후 석 달이 지난 뒤 큰 부기는 빠졌지만, 여전히 내 눈은 누가 봐도 수술한 티가 났어. 수술한 걸 감추기 위해 슬쩍 눈 화장도 해 보긴 했지만, 매번 선생님한테 걸려서 화장은 강제로 지워졌지. 결국 그 무렵에 사촌 언니한테 선물 받은 립밤을 바르기 시작했던 것 같아. 언니가 만들어 준 수제 립밤은 정말로 선생님한테 걸리지 않았거든.

기회를 파는 소녀

수업을 마치고 집으로 돌아가는 길에는 조명가게가 하나 나오는데, 그 조명가게는 기둥 한쪽이 거울로 되어 있었어. 나는 가끔 사장님이 안 계실 때에만 그 거울 앞에서 립밤을 덧바르곤 했어. 그런데 립밤을 바르다 보면 어쩔 수 없이 거울에 비친 내 눈을 마주하게 된다? 생각해 보면 수술 전 내 눈은 대단히 예쁘진 않아도 귀여웠던 것 같아.

"애."

"나? 나 부른 거야?"

"그래 너. 너 혹시 기회가 필요하지 않니?"

"그게 무슨 말이야? 그런데 그 교복은 이 동네에서 못 보던 건데……. 그건 어디 교복이야?"

"이 동네 학교는 아니야. 우리 학교는 여기서 좀 멀어. 그보다 너. 너에게 기회가 한 번 더 주어진다면 시간을 되돌리고 싶은 순간이 있니?"

"음……. 있지. 있어. 그런데 어차피 그건 불가능한 일이잖아."

"불가능하지 않아. 지금부터 내가 너에게 그 기회를 팔 거니까."

"기회를 판다고?"

"후회가 되는 순간으로 시간을 되돌려 주는 기회를 네게 팔게."

"어떻게……?"

"그보다 중요한 건, 너에게 그 기회에 대한 값을 지불할 능력이 있느냐 없느냐야."

"아, 그건 얼마나 하는데? 나 돈 없는데……."

"너 입술이 되게 반짝반짝 예쁘네?"

"이거 그냥 립밤이야. 근데 이게 파는 건 아니고 사촌 언니가 직접 만들어 준 거라……."

"그럼, 그 립밤을 내게 줘."

"이 립밤을?"

"응. 그 립밤을 주면 너에게 기회를 팔게."

"정말 고작 이 립밤으로 되겠어……?"

"고작이라니. 너 이 립밤의 가치를 잘 모르는구나?"

"아무튼 이거면 기회를 살 수 있는 거야?"

나래는 못 믿겠다는 듯 립밤을 여고생에게 건넸다.

"만약 너에게 기회가 한 번 더 주어진다면, 이번에는 제대로 선택을 할 수 있겠어?"

"물론이지."

"그럼, 이제 나한테 손바닥을 한번 쥐 볼래?"

여고생은 주머니에서 구슬을 꺼내 나래의 손바닥 위에 올려놓았다.

"구슬을 손에 올린 뒤, 되돌리고 싶은 순간을 간절하게 떠올리면 아마 그날의 영상이 구슬 안에 떠오를 거야. 영상이 선명해질 때, 구슬을 쥐면 돼."

"신기하다! 기회가 한 번 더 주어진다니……."

"이번에 너에게 새로운 기회가 한 번 더 주어진다면 그때는 현명한 선택을 할 수 있겠어?"

"아마도, 그럴 수 있을 것 같아. 내가 지금의 깨달음을 망각하고, 어리석은 결정만 하지 않는다면……."

"아, 참고로 다른 선택을 하게 되면 너의 기존의 기억은 전부 사라지게 될 거야."

"그렇다면 시간을 되돌리는 시점이 중요하겠네."

"그렇지."

"내게 말 걸어 줘서 고마워, 이상한 친구!"

"행운을 빌게."

여고생은 나래에게 받은 립밤을 조명가게 기둥 거울을 보며 바르기 시작했다. 나래는 여고생에게 인사를 한 뒤, 집으로 돌아와 책상에 앉아 손거울을 들고 자신의 얼굴을 한 번 더 바라보았다.

"넌 기억할 수 있어."

"언니, 고마워! 색 너무 예쁘다! 이 정도면 학주쌤한테도 안 걸리겠는데?"

나래는 언니한테 받은 립밤의 뚜껑을 열어 손등에 살짝 칠해 보았다. 정말로 은은하게 색상이 들어 있어서 학교에서도 걸리지 않을 수 있을 것 같았다. 나래는 곧장 책상 위에 있던 손거울을 들어 입술에 한 번 발라 보았다. 입술에 반짝반짝 윤기가 돌자 순간 자신의 얼굴이 굉장히 화사해 보이는 게 아닌가. 나래는 성형을 하고 난 뒤 다시 입술에 바르면 여기서 얼마나 더 예뻐질까? 생각을 하다 문득 거울 속 자신의 얼굴을 한 번 더 들여다보았다.

중학생 때까지만 해도 여드름투성이의 얼굴이었지만, 엄마를 졸라 구입한 천연 수제비누로 열심히 세안하며 피부를 관리한 덕에 흉터 자국이 몇 개 남긴 했어도 나래는 친구들보다 확연히 뽀얀 피부를 가지고 있었다. 평범한 콧대와 크지도 작지도 않은 평범한 눈. 하지만 웃을 땐 눈꼬리가 반달처럼 접히면서 내려가 제법 호감을 주는 얼굴이었다. 나래는 문득 성형을 하면 당연히 지금보다야 예뻐지겠지만, 그렇다고 해서 지금의 얼굴이 못난이인가? 스스로에게 되물었다. 립밤을 칠한 입술이 반짝이는 순간, 나래는 결심했다.

"언니, 정말 고마워. 나 이 립밤 정말로 잘 쓸게!"

과외를 마친 뒤 사촌 언니가 돌아가자마자 나래가 거실에서 TV를 보고 있던 엄마에게 말했다.

"엄마, 나 내일 수술 안 할래."

"뭐? 갑자기? 수술, 수술, 노래를 부를 땐 언제고?"

"내일 수술 안 하면 계약금은 날아가는 거지……?"

나래의 질문에 엄마는 잠시 곰곰이 생각하더니 딸을 마주 보고 앉아 두 손을 붙잡고 대답했다.

"계약금 그거 얼마 안 돼. 엄마는 그 돈 하나도 아깝지 않아. 사실 엄마는 지금 나래 얼굴도 참 예쁘다고 생각해."

"에이, 그건 아니지. 내가 예쁘긴 뭐가 예뻐……. 엄마도 고슴도치야?"

"그런데 그거 때문에 그렇게나 열심히 공부를 했는데, 정말 아깝지 않겠어?"

"겸사겸사 성적도 올리고 잘됐지 뭐~!"

"그럼, 엄마가 성형 대신 다른 선물을 해 줄게! 우리 딸 갖고 싶은 거 엄마가 전부 사 줄게!"

"그럼……, 나, 여름 방학 때 엄마랑 같이 제주도 여행 가고 싶어!"

"제주도 여행? 좋지! 혹시 뭐 갖고 싶은 화장품 같은 건 없어?"

"학생이 무슨 화장품이야!"

"요즘 애들은 다들 색조 화장품 하나씩은 갖고 다닌다는데……. 너는 엄마한테 한 번을 사 달라고 안 하더라?"

"난 선크림이면 충분할 것 같아. 엄마 딸은 피부가 예술이잖아!"

나래는 엄마를 꼭 끌어안은 뒤 방으로 들어왔다. 2학기 개학날 자신만 빼고 예뻐진 친구들을 보며 자신의 선택을 후회하려나? 생각해 보았지만, 오늘따라 이상하리만큼 거울에 비친 자신의 모습이 사랑스러웠던 나래는 이내 자신의 결정을 후회하지 않기로 다짐했다.

'내가 윤지를 질투했던 것처럼 나 역시 누군가의 질투의 대상이 될지도 몰라. 난 예쁜 외모를 질투하기보단 친구들과 즐거운 추억을 더 많이 쌓을 거야. 그나저나 그동안 한없이 못생겨 보이기만 했던 얼굴이 오늘따라 왜 이리 귀여운 거람? 어머, 나 설마 공주병인가?'

이상한 일이었다. 자신감과 밝은 미소는 정말로 나래를 점점 더 사랑스러운 사람으로 만들어 주었다. 그리고 곧 나래는 친구들의 외모에 대한 서열을 매기는 것을 멈추게 되었다.

엄마와 함께 제주도 여행을 떠나기 위해 자신의 몸집만 한 캐리어를 챙겨 정류장으로 걸어가는 길, 길 건너 조명가게 앞에 서 있던 여고생이 두 모녀를 보며 피식 웃었다.

"똑똑한 친구네. 립밤의 가치가 가장 반짝였던 그 순간으로 시간을 되돌리다니."

기회를 파는 소녀

윤희의 은반지

남자친구는 취준생이었어요. 저는 대학을 졸업하자마자 바로 직장에 들어갔지만, 강준 오빠는 군대를 늦게 다녀오는 바람에 4학년 때 학점 관리를 전혀 하지 못했거든요. 아, 저희는 대학생 때부터 사귀긴 했지만 소개팅으로 만났고요. 캠퍼스 커플은 아닙니다.

"오빠, 지난번에 면접 본 거 어떻게 됐어?"

"아직 연락이 없네⋯⋯. 그래도 아직 2군데 더 남았으니, 포기하긴 이르다구!"

"그럼! 난 오빠 믿어! 내가 항상 응원하고 있는 거 알지?"

오빠는 긍정적인 사람이었어요. 제가 먼저 사회생활을 시작했지만 전혀 주눅 들지 않고, 제게 항상 최선을 다하는 사람이었죠. 무엇보다 의지가 강한 사람입니다. 소개팅 후 두 번째 만남에서 제가 흡연하는 남자를 별로 좋아하지 않는다고 했더니, 그날부로 담배를 끊어 버릴 정도였어요. 그 단호한 의지에 반해 그의 마음을 받아 주게 되었습니다. 오빠는 실제로 지난 9개월 동안 확실하게 금연을 유지했어요. 대부분 처음에는 잠시 끊는 시늉을 하다가 상대 이성이 마음을 받아 주어 관계가 확실해지면 다시 피운다고들 하는데, 오빠는 전혀 그렇지 않았죠.

함께 취업 준비를 할 때는 서로의 학교 도서관에서 번갈아 만나며 그룹 취업스터디도 함께하고 그랬어요. 저는 제 취업을 준비하면서도 틈틈이 오빠의 취업 활동도 도와주었어요. 기업별 면접 예상 질문이라던가, 자소서를 검토해 주기도 했죠. 오빠는 늘 그런 제게 고맙다며 자신이 취업에 성공하면, 첫 월급으로 저에게 가장 멋진 선물을 해 주겠다고 하더군요. 사실 전 그런 건 별로 중요하지 않았어요. 그저 오빠가 취업에 성공해서 당당하게 어깨를 펴고 다닐 수 있는 그날이 하루빨리 오기를 바랐죠.

사귄 지 반년쯤 되었을 때, 첫 월급을 받았습니다. 저는 첫 월급으로 무얼 할까 하다가 저희 두 사람의 커플링을 떠올렸습니다. 오빠는 분명 부담스러워할 테니, 의미만 담을 수 있는 정도의 무난한 중저가 브랜드 반지 중에서 고르려고 했어요.

퇴근길 버스에서 잠시 딴생각을 하는 바람에 내릴 역을 지나쳐 버렸습니다. 두 정거장쯤 지났을 때 얼른 정신을 차리고 버저를 눌렀지만,

기회를 파는 소녀

결국 낯선 동네에서 저 혼자 덩그러니 하차하게 되었죠. 당황한 나머지 잠시 멍을 때리는 동안, 갑자기 등 뒤에서 어떤 목소리가 들려왔어요.

"은반지~ 가락지~ 노리개 팔아요~!"

버스 정류장 바로 뒤로 허름한 좌판을 깔고 이것저것 잡동사니를 파는 아저씨가 보였습니다. 평소라면 그냥 지나쳤겠지만 그 순간 은반지 세트 하나가 제 눈에 들어왔어요. 그 은반지 세트는 광택은 없었지만 은은하고 영롱한 윤기를 머금고 있었죠. 문득 이 정도면 오빠도 크게 부담스러워 하지 않겠다는 생각이 들었습니다. 오빠가 취업에 성공만 하면 커플링이야 나중에 업그레이드하면 되니까요.

"아저씨, 이 은반지 세트는 얼마예요?"

"7만 원~!"

"7만 원이요? 정말 2개 7만 원이에요?"

"왜? 너무 비싸?"

"그게 아니라……. 저 이거 주세요! 제가 살게요!"

"오늘 이상하리만큼 온종일 공치고 있었는데, 오늘 아가씨가 마수걸이 제대로 해 주네! 기분이다, 내 아가씨 운세 한번 봐 줌세!"

"정말요? 감사합니다!"

좌판 아저씨는 제 얼굴을 한번 뚫어지게 바라보더니, 눈을 지그시 감았다 뜨더군요.

"조만간 귀인을 만나겠어. 아마 고씨 성을 가진 귀인이 자네 인생에 들어올 걸세."

"고씨 성의 귀인이요? 알겠습니다! 꼭 기억할게요!"

그날 저는 길 건너편으로 넘어가 다시 저희 동네로 가는 버스를 탄 뒤, 동네 문구점에서 예쁜 반지 상자 하나를 사서 집으로 돌아왔습니다. 주말에 오빠한테 선물해 주면 틀림없이 오빠도 기뻐할 거예요.

"윤희 씨, 외주 디자이너한테 연락했어요? 설마 깜빡한 건 아니죠?"

"그럴 리가요! 오늘 중으로 미팅 잡겠습니다!"

저는 현재 광고회사에 다니고 있습니다. 저희 회사는 정규직 디자이너가 충분하지 않아서, 프리랜서 디자이너를 추가로 고용해 외주를 주고 있어요. 대부분의 업무는 메일로 진행하지만 가끔은 오프라인 미팅을 하기도 합니다. 프리랜서 디자이너와 미팅을 할 때는 주로 회사 근처 카페를 이용하곤 해요.

"안녕하세요, 오늘 미팅하기로 한 디자이너님 맞으시죠? 최윤희입니다."

"아, 저는 고주란입니다."

서로의 명함을 교환하다 문득 외주 디자이너님의 이름이 눈에 들어왔습니다.

"고주란 디자이너님, 반갑……."

아무래도 고 씨가 흔한 성은 아니다 보니, 순간 좌판 아저씨의 말이 확 떠오르더라고요! 귀인 고 씨. 저는 그날 저 혼자 외주 디자이너분께 막연한 호감을 갖게 되었습니다. 원래는 업무적인 대화만 딱 해야 하

기회를 파는 소녀

는데, 그날은 사적인 대화가 조금씩 튀어나와 버리고 말았어요. 그분은 저보다 두 살이 많았고, 대학생 때부터 짬짬이 디자인 외주 알바를 하다가 아예 프리랜서로 직업을 갖게 되었다는 것까지 알게 되었습니다.

이후 주란 언니와 저는 서로에게 호감이 생겨 업무적인 연락 반, 사적인 연락 반을 하게 되면서 급속도로 친해졌습니다. 뭔가 절친이 생긴 기분이었어요. 저랑 언니는 정말이지 너무나 대화가 잘 통했거든요. 저희는 취향도 비슷했고, 가치관도 비슷했습니다. 서로 만나면 밤을 새워 함께 광고업계를 신랄하게 비판하기도 하고, 동시에 화장품이나 패션 정보를 공유하기도 했어요.

"주란 언니, 그 틴트 예쁘다! 어디서 샀어?"

"이거? 발색 괜찮지? 내가 문자로 링크 보낼게!"

언니는 외주 디자이너라 저를 제외하고는 저희 회사 사람들과 접점이 없었기에 저희는 서로 비슷한 화장품과 비슷한 의류를 구입하는 것에 대해서 별다른 스트레스를 받지 않았어요. 함께 다니면 자매로 오해를 받을 정도로 비슷하게 꾸미고 다녔습니다.

강준 오빠는 도대체 어떤 언니이기에 그렇게 맨날 붙어 다니냐며, 주란 언니에게 질투 아닌 질투를 하곤 했어요. 예의가 아니긴 한데……, 오빠랑 데이트를 할 때도 종종 언니랑 문자를 주고받았으며, 매일매일 주란 언니 얘기를 입에 달고 살았어요. 가끔씩 오빠는 "또, 또 주란 언니야?"라는 정도로만 제게 귀엽게 핀잔을 주었습니다. 절대 언니를 미워하거나 그런 건 아니었고요.

문득 두 사람을 서로 소개하는 건 어떨까라는 생각이 들었습니다. 내가 가장 사랑하는 오빠와 제일 친한 언니가 서로 아는 사이가 되면 너무 좋을 것 같았어요. 사실 최근 들어 언니랑 밤마다 통화로 수다를 떠는 바람에 가끔씩 오빠의 연락을 놓칠 때가 있었는데, 그럴 땐 눈치를 아예 안 볼 수 없거든요. 하지만 서로 아는 사이가 되면 지금보다 조금은 더 이해받을 수 있을 거라고 생각했어요.

300일을 앞두고 우리 세 사람은 함께 저녁 약속을 잡았습니다. 아무리 취준생이라고 해도 친한 언니를 소개하는 자리에서 제가 계산을 하면 남자친구의 체면이 서지 않을 것 같아 언니가 도착하기 전에 오빠한테 미리 제 카드를 넘겼어요. 오빠는 잠시 멋쩍어하더니, 못 이기는 척 제 카드를 받았습니다.

"오빠 취업만 되면 그때는 맨날 오빠가 살 거 아냐? 그러니까 지금은 내가 내게 해 줘."

"그래, 알겠어. 윤희야! 내가 꼭 취업 성공해서 너 호강시켜 줄게!"

"난 오빠 능력 믿는다니까!"

곧 약속했던 식당으로 주란 언니가 도착했고, 저는 들뜬 마음으로 두 사람을 소개했습니다.

"이쪽은 내 남자친구 이강준, 이쪽은 내가 제일 좋아하는 고주란 언니!"

"주란 씨, 안녕하세요. 말씀 많이 들었습니다."

"저도 윤희 통해 말씀 많이 들었어요. 매일 얘기만 듣다가 이렇게 실

기회를 파는 소녀

제로 뵈니 더 반갑네요!"

"하하하. 저는 주란 씨를 오늘 처음 뵌 것 같지가 않은데요? 윤희한 테 매일 주란 씨 얘기를 워낙 많이 들어서 그런가? 하하하."

그날의 분위기는 기대 이상으로 화목했어요. 정말이지, 제 기대 이 상이었죠.

300일은 당연히 둘이서 보낼 줄 알았는데, 어느새 주란 언니도 함께 식사를 하고 있었어요. 데이트를 할 때마다 강준 오빠는 주란 씨도 부르라며 저를 채근했고, 저는 기분이 별로 좋지 않았지만 질투하는 걸 들키고 싶지 않아 꼬박꼬박 언니를 부르게 되었죠. 절친 언니를 의심하거나, 남자친구를 속박하는 여자는 별로잖아요? 연상의 남자친구와 주란 언니 사이에서 쿨하게 행동해야 한다고 생각했어요.

그러던 어느 날. 진짜 오랜만에 둘만 하는 데이트 날이었어요. 우연히 오빠가 잠시 화장실에 갔을 때, 휴대폰 바탕화면에 '주란 씨'라는 이름과 함께 "아직도 같이 있어?"라는 문자가 뜨는 걸 목격했습니다. 그 문자를 발견한 순간엔 손이 벌벌 떨리고 숨을 쉴 수가 없었어요. 의심이 확신이 되는 순간이었으니까요. 두 사람은 그동안 저 몰래 바람을 피우고 있었던 거예요.

다음 주 수요일은 오빠와 만난 지 1주년이 되는 날이었습니다. 저는 월급을 모아 고급 호텔을 예약한 뒤, 서프라이즈 1주년 계획을 세우고 있었어요. 그런데 그 모든 걸 주란 언니가 망쳐 버린 거예요.

화장실에서 돌아온 오빠가 황급히 문자를 확인하더니, 갑자기 친구한테 연락이 왔다며 그만 일어나자고 하더군요. 저는 애써 표정을 관리한 뒤 웃으면서 오빠를 보내 주었어요. 그리고 곧바로 주란 언니에게 전화를 걸었죠. 우리 지금 당장 볼 수 있냐고, 친한 동생이 인생 상담할 게 있으니 술 한잔만 사 달라고 말이에요. 언니는 정말 미안하다며, 밀린 외주 업무가 너무 많아서 오늘은 밤샘을 해야 할 것 같다고 하더군요. 설마 밤새 강준 오빠랑 같이 있는 건 아니겠죠……? 만약 그렇다면 전 정말로 무너질 것 같았어요. 두 사람은 내가 모르는 동안 얼마나 가까워진 걸까요? 아직 호감 단계인 걸까요? 아니면 벌써 저 몰래 둘이 연인 사이가 된 걸까요? 오빠의 다정함은 온전히 제 것이었는데, 이제 그 다정함을 주란 언니와 나누어야 하는 거예요? 아니, 그 다정함에 제 몫이 남아 있기는 할까요? 방금 전에도 오랜만에 저랑 단둘이 있는 시간이었는데, 주란 언니의 연락을 받자마자 언니에게 가 버렸잖아요…….

생각해 보니 주란 언니는 성격도 털털하고 분명히 저보다 미인상이었어요. 저는 무슨 생각으로 두 사람을 서로 소개시켜 줬을까요……. 제가 바보같이 오빠를 너무 믿었나 봐요.

방금 전까지 오빠와 함께 있었던 식당을 나와 하염없이 거리를 걸었어요. 얼마나 걸었는지도 모르겠을 즈음, 갑자기 분노가 치밀어 눈물이 멈추지 않았어요. 지금 당장이라도 두 사람이 있는 곳으로 달려가 두 남녀의 머리채라도 잡아 흔들고 싶었죠. 그런데 어리석게도 그 순간 그런 생각이 들더군요. 그런 행동을 하면 오빠가 날 진짜로 싫어하게 되지 않을까……. 제가 과연 오빠 없이 살 수 있을까요? 1년, 짧다면 짧고, 길다면 긴 어중간한 시간. 지난 1년 동안 저는 제가 생각했던 것보다 훨씬 더 많이 오빠를 사랑하고 있었습니다. 사랑에 빠진 여자는 참으로 어리석어지더군요. 눈이 맞은 건 두 사람인데, 원망은 주란 언니에게만 향하고 있었어요. 분명 언니가 먼저 꼬리를 쳤을 거야, 오빠는 내 지인이다 보니 무례하게 굴지도 못하고 곤란해하다 어쩔 수 없이 넘어간 걸 거야……. 언니만 아니었어도……. 주란 언니만 없었어도…….

"거기 예쁜 언니!"

"네……?"

"언니, 왜 울면서 걸어가요?"

"아……. 아흑……. 어어엉……."

윤희는 이상한 여고생이 말을 걸자 그만 길에서 큰 소리를 내며 엉엉 울기 시작했다.

"어머, 사람들이 이상하게 생각하겠어요. 이렇게 계속 울 거면 우리 잠깐 저쪽 벤치에 앉을래요?"

"끄……. 끅……. 고마워요……. 학생."

"실연이라도 한 거예요?"

"으어어! 으앙……!"

"맞나 보네……."

"차라리 실연이었으면 이보다는 덜 힘들었을 것 같아요……! 차라리 실연이었으면……."

"차라리 실연이 나을 정도로 그보다 더 힘든 상황이 뭐가 있죠?"

윤희는 자신에게 식어 버린 상대의 마음보다, 사랑하는 사람이 다른 여자를 좋아하게 되는 게 훨씬 더 견디기 힘들었다.

"예쁜 언니, 만약 언니에게 기회가 한 번 더 주어진다면, 이번에는 올바른 선택을 할 수 있겠어요?"

"네……! 그럴 수 있을 것 같아요! 인생에 딱 한순간만 되돌릴 수 있다면, 그럼 그 사람 절대로 놓치지 않을 수 있을 것 같아요! 으어어엉……, 오빠아……."

"자, 그럼 제가 언니한테 지금 바로 그 기회를 팔게요. 구슬값은 어디 보자……. 언니 넷째 손가락에 낀 반지, 이거 보통 반지가 아니네요?"

"이거 남자친구랑 세트로 한 커플링……."

"이 은반지 저 줘요."

"그…… 근데 이건 커플링인데……."

"지금 반지가 중요해요? 그 사람이 중요해요?"

"그 사람이요! 반지 같은 건 하나도 중요하지 않아요!"

"잘 생각했어요. 그럼 저한테 이 반지 넘기고, 언니는 남자친구를 되찾으러 가요. 제가 기회를 한 번 더 얻을 수 있는 구슬 하나를 언니한테 줄게요. 이 구슬을 손바닥에 올려놓은 뒤, 언니가 가장 후회하는 순간

기회를 파는 소녀

을 떠올리면 돼요. 구슬 안에 그날의 영상이 떠오르면 손을 쥐세요."

"그러면 정말 그날로 되돌아 갈 수 있어요?"

"그럼요, 언니는 남자친구만 되찾으면 되는 거잖아요?"

"맞아요! 저는 강준 오빠 말고는 다 필요 없어요!"

"행운을 빌게요."

여고생은 윤희의 넷째 손가락에서 은반지를 뺀 뒤, 자신의 가운데 손가락에 옮겨 끼웠다. 그러곤 손바닥을 뒤집어 펼치며 반지가 영롱이는 걸 흐뭇하게 바라보았다.

"할머니가 좋아할 것 같아."

윤희는 문득 두 사람을 서로 소개하는 건 어떨까라는 생각이 들었다. 자신이 가장 사랑하는 오빠와 제일 친한 언니가 서로 아는 사이가 되면 너무 좋을 것 같았기 때문이다. 사실 윤희는 최근 들어 언니와 밤마다 통화로 수다를 떠는 바람에 가끔씩 남자친구의 연락을 놓칠 때가 있었다. 하지만 만약 서로 안면이 생기면 그러한 상황도 좀 더 수월하게 이해받을 수 있을 거라 생각했다.

'아니지, 아니야. 사람 일은 모르는 거잖아……? 남녀를 함부로 소개하는 건 역시 위험해.'

여자의 촉이었을까? 윤희는 순간 쌔한 기분이 들어 이내 혼자 머리를 가로저었다. 일부 상황이 좀 불편하다고 해서 또래의 남녀를 서로 인사시키는 건 역시 영 께름칙한 일이 아닐 수 없었다.

윤희는 300일이 다가오자, 남자친구와 함께 데이트할 멋진 식당을 알아보았다. 강준은 윤희에게 자신이 취업하기 전까진 소박하게 보내도 상관없다고 했지만, 윤희는 강준에게 뭐든지 다 해 주고 싶었다.

"오빠, 나 월급 받아서 쓸 데도 없어! 나 오빠한테 쓰는 건 정말 하나도 아깝지 않은걸?"

"정말……? 그럼 혹시……. 윤희야, 이런 말 하기 너무 부끄러운데……. 나 돈 좀 빌려줄 수 있을까……?"

"어……? 돈? 돈을 빌려 달라고?"

"아니야, 못 들은 걸로 해 줘! 윤희야 미안해! 내가 너무 궁지에 몰려서 그만……."

"오빠 무슨 일인데?"

"실은……, 어머니가 아프셔서……. 나 취업 뒷바라지하느라, 본인 몸을 제대로 못 돌보신 것 같아."

"그런 일이 있었어? 왜 진작에 나한테 말 안 했어!"

"내가 어떻게 너한테 그런 말을 해. 나 정말…… 너무 못났다……."

"무슨 소리야! 오빠 어머님이면 내 어머님이기도 하잖아! 얼마나…… 돈이 얼마나 필요한데?"

"300만 원 정도……."

"오빠, 그 돈 내가 빌려줄게! 걱정 마!"

큰소리를 치긴 했으나, 이제 갓 취직한 윤희에게 그런 큰돈이 있을 리 없었다. 당장 저축한 돈은 100만 원 남짓. 윤희는 200만 원을 더 만

기회를 파는 소녀

들기 위해 자신의 태블릿PC와 노트북을 중고로 처분했다. 노트북은 윤희의 취업 선물로 아빠가 선물해 준 최신 모델이었다.

"오빠, 300만 원은 좀 시간이 걸릴 것 같아……. 일단 내가 200만 원이라도 먼저 보낼게!"

"아니야, 윤희야……. 무리하지 마……. 이 돈 정말 너무 고맙다……. 얼른 엄마 병원비에 보탤게……."

"오빠, 힘내……! 오빠가 힘을 내야 어머님도 얼른 쾌차하시지!"

"응. 윤희야, 고마워……. 사랑해!"

윤희에게 돈을 건네받은 강준은 그길로 병원 방향 버스를 탔다. 하지만 강준은 윤희에게 말했던 것과 달리 병원을 지나쳐 전혀 다른 곳에서 하차했다.

"이강준~ 오랜만이다?"

"나 오늘 총알 완전 두둑하거든? 그러니까 오늘 마권 한 방 진짜 제대로 뽑는다!"

"웬일이래? 너 요새 취업 준비한다 그러지 않았어? 설마 벌써 취직했냐?"

"취직은 아직인데, 여친이 나한테 껌뻑 죽거든~! 달콤한 말 몇 마디만 해 주면 데이트 비용을 자기가 다 내준다니까?"

"오~ 이강준, 역시 안 죽었어! 근데 손가락에 이 촌스러운 건 뭐냐?"

"이것도 여친이 준 건데. 야이 씨, 누가 길바닥에서 산 싸구려 은반지를 커플링으로 하냐고! 쪽팔려 뒤지는 줄. 여기 오기 전에 뺀다는 걸

깜빡했다. 그나저나 담배 있냐?"

"뭐냐? 담배도 없어?"

"집에 있긴 있는데. 여친 만나러 갈 때는 금연모드거든."

"이 새끼 봐라! 그걸 아직도 안 들켰다고? 대단한데!"

"나, 이강준이야!"

강준은 그날 윤희의 첫 저축과 각종 기기들을 중고로 팔아 애써 마련한 돈을 한 시간 만에 경마로 전부 날렸다.

"어머님은 좀 괜찮으셔……?"

"어……. 그나마 좀 나아지셨어. 이게 다 윤희 네 덕분이야……!"

"다행이다! 그나저나 오빠는 좀 괜찮아? 너무 무리해서 간병하는 거 아니야?"

"괜찮아, 엄마 곧 일어나실 수 있을 것 같아!"

강준의 형편이 안타까웠던 윤희는 버는 족족 강준에게 갖다 바치기 시작했다. 처음에는 몸 둘 바를 모를 정도로 미안해하던 강준도 시간이 지나자 조금씩 뻔뻔해졌다.

"윤희야, 아직도 돈 안 보냈어?"

"월급이 아직 안 들어왔어……. 아마 주말이 껴서 월요일에 들어오려나 봐……."

"아, 곤란한데……."

"왜? 어머님 또 어디 편찮으셔?"

"아, 어……, 어……. 위경련이래."

기회를 파는 소녀

"어떡해. 오빠, 조금만 기다려 줘. 내가 어떻게든 돈 구해 볼게!"

윤희는 결국 지인들에게까지 손을 벌렸다. 보다 못한 주란이 윤희를 불러 따끔하게 한마디 하게 되었다.

"윤희야, 너 요즘 돈 빌리는 횟수가 너무 잦지 않니?"

"미……, 미안. 지난번 언니한테 빌린 돈은…… 월급 나오는 대로 바로 갚을게."

"언니 돈은 천천히 갚아도 괜찮아. 그런데 너 나 말고 다른 사람들한 테도 돈 빌리고 있는 거지?"

"어……. 어떻게 알았어?"

"너 남자친구란 사람, 도대체 뭐 하는 사람이야?"

"강준 오빠? 오빠는 취업 준비하느라 바쁘지……."

"윤희야, 아무리 사랑하는 사이여도 절대 돈거래는 하면 안 돼."

"나, 오빠랑 돈거래 같은 거 안 해!"

"내가 너 정말 아끼는 동생이라 하는 말이야. 언니가 옆에서 얘기만 들어도, 그 사람 별로 좋은 사람은 아닌 것 같아."

"어……, 언니가 강준 오빠에 대해 뭘 알아……! 우리 오빠 그런 사람 아니야."

"윤희야, 내가 널 알고 지낸 시간이 그리 긴 건 아니지만, 넌 정말 괜찮은 사람이야. 그런 널 진심으로 아껴 주고 사랑하는 사람을 만나야 지."

"진짜 아니라고……."

윤희는 애써 강준을 변명했으나, 이미 주란은 모든 걸 눈치챈 듯했다. 결국 윤희는 주란의 연락마저 피하게 되었다. 강준을 나쁘게 말하는 사람과는 더 이상 교류하고 싶지 않았기 때문이다. 시간이 흐를수록 윤희는 이성적인 사고를 하지 못하게 되었다.

윤희는 자신이 사랑했던 남자의 사랑이 식어 가는 걸 온몸으로 체감하면서도 그 사실을 인정할 수 없었다. 심지어 꾸준히 돈을 요구하는 모습마저 제대로 된 연인관계에서는 절대로 있을 수 없는 일이라는 것 또한 알고 있었다. 하지만 윤희는 그것을 인정하는 순간, 강준이 자신을 떠나 버릴까 두려워 늘 진실을 외면해 왔던 것이다.

미련이라는 감정은 사람을 굉장히 어리석게 만든다. 그 감정에 한번 콩깍지가 쓰이면 상식적으로 상종할 리 없는 인간과도 인연을 끊지 못하며, 스스로를 눈감게 만든다. 그로 인해 나를 정말로 아껴 주는 사람을 알아보지 못하게 되고, 나를 함부로 하는 사람에게 더욱 목을 매게 되는 것이다. 심지어 사랑이라는 이름으로 말이다. 그런데 그게 과연 사랑일까? 윤희는 지금 강준과 사랑을 하고 있는 것일까? 내면이 단단한 사람은 절대로 사랑과 미련을 헷갈리지 않는다.

강준과 팔짱을 낀 채 데이트를 하던 윤희는 맞은편에서 걸어오는 여고생이 자신을 뚫어지게 바라보는 게 의아했다. 여고생은 윤희를 지나쳐 한참을 걸어가다 갑자기 발걸음을 멈추었다.

"고 씨, 그 여자는 언니의 모든 생의 귀인이었어. 귀인이 늘 다정한 형태로 오는 건 아니라서 말이야."

기회를 파는 소녀

정수의 일기장

6월의 어느 날, 선생님이 갑자기 쪽지시험을 공지했다. 그것도 심지어 한자시험을 말이다. 도대체 이틀 만에 무슨 수로 한자를 50개나 외운단 말인가. 초등학교 6학년의 한자시험은 하늘 천(天), 사람 인(人) 이런 건 문제로 나오지도 않는다. 적어도 옮길 천(遷), 알 인(認) 정도의 부수는 되어 줘야 시험 문제에 등장할 수 있는 것이다.

방과 후 집으로 돌아와 시험공부를 했다. 아니, 하는 시늉만 했다. 처음 몇 자는 연습장에 10번씩 베껴도 보았으나, 나의 집중력은 20분도 채 되지 않았다. 어느새 나는 자연스럽게 컴퓨터 의자에 앉아 있었다.

"정수야, 오늘 일기는 다 썼니?"

"이제 쓰려고요!"

엄마는 매일 저녁 검사도 안 하는 일기장에 목을 매셨다. 숙제나, 시험에는 관심조차 두지 않으셨지만, 일기장만큼은 반드시 작성 유무를 꼭 물어보셨다. 다행히 일기의 내용을 확인한다거나 그런 적은 한 번도 없으셨다. 다만 엄마의 이러한 극성으로 인해 나는 1학년 때부터 지금까지 하루도 빠지지 않고 매일매일 일기를 썼다. 짧게는 3~5줄, 길게는 한 페이지를 가득 채운 날도 있었다. 그렇게 작성한 일기장만 수십 권에 달했다.

6월 2일 화요일, 날씨 맑음

오늘은 선생님이 목요일에 갑자기 한자시험을 보겠다고 하셨다.
솔직히 이런 건 최소한 일주일 전에는 알려 주셔야 하는 거 아닌가?
한자 50개를 무슨 수로 이틀 만에 외우라는 건지 모르겠다.
선생님은 자신이 아는 걸 학생들도 알고 있다고 착각하시는 것 같다.

다음 날 쉬는 시간엔 온통 한자를 외우는 친구들로 가득했다. 아예 노력조차 하지 않고 포기한 친구들도 더러 있었지만, 대부분은 연습장에 옮겨 적으며 달달달 외우느라 정신이 없었다. 나도 친구들을 따라 함께 몇 자 외워 볼까 했으나, 획수가 10획을 넘어가는 한자들이 등장하자 이내 다시 머리가 지끈거렸다. 난 결국 애당초 포기한 친구들과 열심히 공부하는 친구들 사이 어딘가쯤의 애매한 위치에서 이러지도 저러지도 못하고 있었다.

기회를 파는 소녀

6월 3일 수요일, 날씨 맑음

오늘 학교 교실에선 굉장한 진풍경이 펼쳐졌다.

친구들은 다들 열심히 한자를 외우고 있었는데,

솔직히 나는 왜 이걸 외워야 하는지 모르겠다.

대한민국 사람이면 한글만 제대로 알면 되는 거 아닌가?

어째서 우리는 평소에 사용하지도 않는 한자 따위를 외워야 하는 것일까?

요새 한자를 누가 쓴다고.

부모님 세대에는 한자를 주로 사용했는지 몰라도 요새는 인터넷 신조어가

훨씬 더 의미도 잘 통하는데 말이다.

솔직히 난 한자 같은 거 살아가는 데 하나도 필요 없다고 생각한다.

시험 당일 목요일이 되었다. 쪽지시험은 3교시였는데, 나는 이미 반 포기 상태였다. 정규 시험도 아닌 고작 쪽지시험 하나를 망쳤다고 해서 엄마한테 혼이 나는 것도, 선생님한테 야단을 맞는 것도 아닌데 굳이 골머리 싸매어 가며 공부를 할 필요는 없다고 생각했다.

3교시 종이 울리자마자 선생님은 우리들에게 시험지를 나눠 주셨다. 시험지를 받아 문제를 쭉 훑어보니, 띄엄띄엄 아는 한자 몇 개가 눈에 들어왔다. 나는 문제의 순서를 무시한 채 아는 것부터 후다닥 채워 나갔다. 하지만 내가 아는 문제는 절반이 채 되지 않았다. 그 때 갑자기 행정실 직원분이 교실 앞문을 두드렸다.

"최 선생님, 잠깐 교무실로 와 보셔야 할 것 같아요."

"무슨 일이시죠?"

"아마 다음 주 장학사님 오시는 것 때문인 것 같아요."

"네, 알겠습니다. 지금 바로 내려갈게요."

행정실 직원분과 선생님은 교실 문을 반쯤 열어 둔 채로 작게 속삭이셨지만, 두 분의 대화는 시험을 치르던 우리 반 전원의 귓가를 아주 선명하게 두드렸다.

"너희는 얌전이들 시험 문제 풀고 있어. 선생님 금방 다녀올 거니까."

"네!"

선생님이 교실을 비운다는 사실에 신이 난 친구들은 교실이 떠나갈 정도의 우렁찬 목소리로 대답을 했다. 선생님은 일부러 교실 앞문과 뒷문을 열어 놓으신 채로 행정실 직원과 함께 교실을 떠나셨다. 마치 '고작 6학년짜리 애들이 커닝 따위를 하겠어?'라고 생각하신 것 같았다.

선생님이 떠난 뒤 5분 정도는 정말로 다들 제자리에서 각자 성실하게 문제를 풀었다. 하지만 이럴 때 누군가 한 명이 부정행위의 스타트만 끊어 주면 교실은 금세 혼돈의 도가니가 된다. 역시나 말썽꾼 경수가 참지 못하고 옆자리 친구에게 말했다.

"야, 나 정답 좀 보여 줘."

평소 싸움 잘하기로 유명한 경수의 협박 아닌 협박에 미진이는 거절할 엄두조차 내지 못하는 듯했다. 1분단 경수가 대놓고 미진이의 시험지를 베끼자 3분단 희영이와 은지도 서로 정답을 공유하기 시작했다. 선생님이 교실을 떠난 지 10분도 채 되지 않아 교실은 엉망이 되었다.

이대로는 절반도 풀지 못한 내가 반에서 꼴찌를 할 상황이었다. 처음엔 이러면 안 된다는 생각에 아주 잠시 망설였으나, 무법 상태의 교실에선 일말의 양심마저 곧 사라져 버렸다. 지금 우리 반 상황에서 양심 같은 건 내게 하등의 도움도 되지 않았다. 나는 어느새 학급 전체의 집단 커닝 분위기에 휩쓸려 뒷자리 미란이의 답안지를 베끼고 있었다.

한창 답안지를 베끼던 중, 갑자기 옆 분단 내 대각선 뒷자리의 시영이와 눈이 마주쳤다. 나는 집단 커닝으로 인해 도덕성이 사라진 상태였기에 처음엔 시영이가 왜 날 쳐다보는지 그 이유를 알지 못했다. 시영이는 한참을 나를 뚫어지게 바라보더니 이내 고개를 숙이고 아주 작은 혼잣말을 중얼거렸다.

"김정수, 너도 커닝 같은 걸 하는구나."

순간 그 시끄러운 교실 안에서 시영이의 목소리가 너무나 선명하게 내 귓가에 도착했다. 갑자기 누군가에게 뒤통수를 세게 얻어맞은 기분이었다. 그리고 곧 내 얼굴이 새빨개지는 게 느껴졌다. 시영이의 그 말은 내 면전에 대놓고 모욕을 준 것도, 내 행동을 비난하는 것도 아니었지만, 이내 견딜 수 없는 수치심이 몰려왔다. 그건 정말이지 너무나 당연한 일이었다. 지금 내가 하는 행동은 결코 정당한 게 아니었으니까.

너무나 부끄러웠다. 태어나서 이 정도로 부끄러워 본 적이 없을 정도로 부끄러웠다. 나는 지우개를 꺼내어 방금 전까지 베끼던 모든 정답을 지워 나갔다. 심지어 내가 푼 문제까지도. 그날 나는 쪽지시험에서 단 1점도 받으면 안 될 것 같았다. 차라리 빵점을 맞는 게 시영이에게 덜 부끄러울 상황이었다.

20분 뒤 교실로 돌아온 선생님은 교실의 뒤숭숭한 분위기를 곧바로 눈치채셨다. 교실을 한 바퀴 쭉 둘러보시면서 학생들의 시험지를 무작위로 몇 장 확인하시더니, 이내 교탁에 양손을 짚은 채 말씀하셨다.

"그래, 감독 선생님도 없이 교실을 비운 내 잘못이지……. 오늘 시험은 전부 무효다."

"네? 아 왜요!"

"내일 3교시에 똑같은 문제로 다시 재시험 볼 테니까 그렇게들 알고."

공부를 해 온 친구들보다, 베낀 친구들이 더 억울해하기 시작했다. 오히려 열심히 공부를 해 왔던 친구들은 재시험 통보에 내심 안도하는 눈치였다. 나는 우리 반 꼴등을 각오하고 유일하게 백지 시험지를 제출했지만, 그날의 성적은 그렇게 전원 무효가 되었다.

6월 4일 목요일, 날씨 흐림

오늘은 정말 부끄러운 날이다.

시영이의 목소리가 계속 내 머릿속을 맴돈다.

일기 같은 거 쓰고 싶지 않다.

기회를 파는 소녀

그날 밤 나는 일기를 쓴 뒤, 엄마 몰래 부엌에서 아빠 커피를 2잔이나 타 마셨다. 커피를 마신 뒤, 새벽까지 이를 악물고 한자를 외웠다. 태어나서 그날 처음으로 머리가 타들어 갈 때까지 공부를 했던 것 같다. 수치심은 내게 생각보다 고도의 집중력을 선물해 주었다. 나는 그날 밤 50개의 한자를 모두 외웠다.

다음 날 3교시가 되자, 전날과 똑같은 시험지가 내 책상에 놓여졌다. 당연한 사실이지만 선생님은 45분 동안 단 한 번도 교실을 비우지 않으셨다. 시험을 보는 내내 옆 분단 대각선 뒷자리에서 시영이가 시선을 보내는 것 같았다. 시험 도중 뒤를 돌아볼 순 없으므로 실제로 시영이가 나를 지켜봤는지, 어땠는지는 알 수 없지만 그냥 기분이 그랬다.

이틀 동안 외워지지 않던 한자가 하루 만에 전부 외워진 것인지, 전날 커닝을 하면서 자연스럽게 공부가 된 것인지, 아니면 아빠의 커피가 효과가 있었던 것인지……. 나는 그날 우리 반에서 유일하게 한자 시험 만점을 받았다.

하지만 여전히 부끄러웠다. 시영이는 내가 밤새 공부했다는 사실을 알고 있을까? 설마 이번에도 내가 커닝을 했다고 생각하는 건 아니겠지? 에이 설마……. 선생님이 시험 감독을 그렇게 철저하게 하셨는데. 아닐 거야. 내 실력이라는 걸 시영이도 알아줄 거야.

차마 시영이에게 직접 "나 이번에는 진짜로 밤새 공부했어. 이번 시험은 내 실력이야."라는 말을 할 수는 없는 상황이었다. 물어보지도 않았는데 변명하는 것도 이상하고, 시영이가 날 대놓고 나무란 것도 아니었으니 말이다.

참으로 이상한 일이었다. "커닝하면 안 돼. 커닝은 나쁜 거야."라는 말보다 "너도 커닝 같은 걸 하는구나."라는 말이 훨씬 부끄러웠다는 게……. 나는 평소 반에서 성적이 그리 뛰어나지도 않았고, 시영이와 그리 가까운 사이도 아니었다. 시영이는 도대체 무슨 뜻으로 내게 그런 말을 한 것일까? 그 말은 마치 '너는 원래 괜찮은 사람 아니었어?'라는 뜻 같았다.

내가 시영이에게 '괜찮은 사람'으로 보일만 한 사건이 있었던가? 솔직히 나는 반에서 그다지 눈에 띄는 편도 아니었다. 그저 내가 친구들에게 별종 취급을 받았던 한 가지 이유를 굳이 꼽자면 반에서 유일하게 비속어를 쓰지 않는다는 것 정도였다. 당시 그것은 단지 개성의 범주였을 뿐, 인성의 범주도 아니었다.

중학생이 되어 중간고사와 기말고사를 치르게 되었다. 시영이와 같은 중학교에 진학했으나, 3년 동안 단 한 번도 같은 반이 된 적은 없었다. 친구들은 시험 기간마다 다양한 커닝 방법을 연구하며 공유했다. 손가락 모양이나 기지개 등으로 번호를 알려 준다거나 시곗바늘에 맞추어 샤프를 딸깍이는 초치기 등 방법도 천차만별이었다. 그런 쓸데없는 편법에 머리를 쓸 시간에 공부를 했으면 전교 1등도 했을 녀석들이었다.

중학생이 된 나는 의외로 공부를 곧잘 했기에, 성적은 반에서 늘 중상위권이었다. 그래서인지 시험 기간만 되면 친구들에게 종종 커닝 청

기회를 파는 소녀

탁이 들어오곤 했다. 아예 상위권 친구들은 등수에 욕심이 있다는 것을 알기에 청탁조차 들어가지 않지만 나 같은 중상위권은 그다지 공부에 욕심이 있어 보이지 않았나 보다. 사실 등수에 목을 맬 정도로 공부를 하지도 않았고.

"정수야, 나 수학시험 좀 도와주면 안 돼?"

"모르는 문제 있어?"

"에이~ 그거 말고……. 알잖아~ 큭크."

"커닝 말하는 거야?"

"에이~ 그렇게 딱 집어서 말하지 말고~!"

"안 돼."

"뭐……?"

"공부는 도와줄 수 있지만, 커닝은 안 돼."

"치……. 치사한 새끼!"

평소 거절을 못 하는 둥글둥글한 성격이었던 내가 단호하게 거절하자 친구는 당황한 듯했다. 하지만 나는 여전히 뒷자리에 시영이가 있는 것만 같았다. 같은 반도 아닌 시영이의 시선은 언제나 내 등을 찌르고 있었다.

고등학교는 남고로 진학을 했다. 드디어 시영이의 시선에서 벗어날 수 있게 된 것이다. 사실 초등학교 6학년 이후로 단 한 번도 복도에서 조차 시영이를 마주친 적 없는데……. 나는 왜 그렇게 쫄아 있었던 것일까. 하지만 여전히 중간, 기말 커닝 행위에는 가담하지 않았다. 왜냐

하면 난 절대 커닝 같은 거 도와주지 않는 녀석으로 소문이 났기 때문
이다.

학교 수업을 마치고 학원에 가던 중 버스 정류장 의자 밑에 떨어져
있는 지갑 하나를 발견했다. 접혀 있는 지갑 밖으로 만 원짜리 지폐가
삐져나와 있었는데, 허리를 굽혀 지갑을 줍는 순간 정말 오랜만에 시
영이의 시선이 느껴졌다. 이번에도 등 뒤에서 여전히 시영이가 지켜보
는 것 같았다.

나는 1초도 망설이지 않고, 지갑을 챙겨 길 건너 파출소로 향했다.
지갑의 습득 위치와 발견시간을 설명 드린 뒤, 홀가분하게 파출소를
나섰다. 시영이가 방금 전 내 모습을 보면 어떻게 생각할까? 어느새 나
는 시영이가 이런 내 모습을 봐 주길 바라고 있었다. 시영이는 잘 살고
있을까?

대학생이 되어 과대를 맡게 되었고, 공금을 관리하는 업무가 내게
주어졌다. MT비, OT비 등 내 개인 계좌로 돈을 걷어 각종 행사를 진행
시켰고, 남은 회비는 늘 1/N을 하여 동기들 계좌로 돌려주었다. 하루는
그런 내 모습을 답답하게 여긴 고학번 선배가 나를 불렀다.

"정수야, 형이 선배로서 팁 하나……."

"네! 말씀하십쇼!"

"내가 꾸준히 지켜보니까, 니가 좀 요령이 없더라~!"

"아, 제가 그랬습니까?"

"과대는 말이야, 그렇게 하는 게 아니야~. 회비는 한 번 걷으면 끝이

기회를 파는 소녀

야, 끝!"

"그게 무슨 말씀이신지……."

"회비가 남았을 땐 그걸 1/N해서 돌려줄 게 아니라, 니들끼리 술이라도 사 먹으라 이 말이야~. 우리도 좀 부르고……."

"네……?"

"그동안 다들 그런 식으로 했어! 남은 회비 좀 사적으로 썼다고 아무도 뭐라고 안 해, 임마!"

하늘 같은 고학번 선배의 조언에 차마 말대꾸를 할 순 없었기에 그 자리에선 아무 대답도 하지 못했지만, 나는 솔직히 그날 좀 기분이 더러웠다. 기존의 악습이야 당연히 알고 있었지만, 그 악습을 처음으로 과감히 끊어 내면 모두에게 칭찬받을 거라 생각했기 때문이다. 하지만 난 그들에게 요령도 없고, 융통성도 없는 신입생일 뿐이었다. 나는 다음 학기에 바로 과대를 그만두었다. 남은 회비를 사적으로 사용하면 시영이가 날 뭐로 보겠느냐 말이다. 나는 결코 시영이에게 부끄러운 행동은 할 수 없었다.

취직을 하면서 드디어 부모님으로부터 독립을 하게 되었다. 독립하기 전 내 짐들을 먼저 정리해야 했는데, 그러다 책꽂이 맨 아랫단에서 먼지가 뽀얗게 쌓인 일기장더미를 발견했다. 나는 일기장꾸러미를 꺼내서 손으로 먼지를 털어 냈다.

1학년, 삐뚤삐뚤한 글씨의 일기장들을 전체적으로 한번 휘리릭 펼치다, 6학년 때의 일기를 꺼내 보았다. 역시나 글씨체가 확연하게 달라져 있었다. 1학년 꼬맹이의 끄적거림과는 비교도 되지 않을 정도로 반듯하고 단정한 글씨체였다. 고작 6년의 시간에도 글씨체가 이 정도로 바뀌는데……. 지금의 나는 그 시절로부터 10년이란 시간을 훌쩍 넘겨 있었다. 문득 그런 생각이 들었다. 그때의 나는 어떤 꼬맹이였지? 그렇게 아무렇게나 펼친 페이지는 초등학교 6학년, 6월의 어느 날이있다.

6월 4일 목요일, 날씨 흐림
오늘은 정말 부끄러운 날이다.
시영이의 목소리가 계속 내 머릿속을 맴돈다.
일기 같은 거 쓰고 싶지 않다.

무작위로 펼친 일기장의 첫 페이지는 하필 6월 4일이었다. 그것은 정말이지 까맣게 잊고 살았던 기억이었다. 늘 마음 한편에 시영이를 담고 살긴 했지만, 그건 막연히 시영이라는 미지의 존재에게 인생을 검사받는다는 기분이었을 뿐이다. 어린 시절 내가 집단 커닝에 가담했던 사실 따위는 까맣게 잊고 있었다. 순간 그날의 부끄러움이 다시 내게 몰려왔다. 나는 그날 이후 항상 떳떳하게 살아왔는데……. 부모님 지갑에 손 한 번 대지 않았고, 살면서 단 한 번도 남의 것을 탐내지 않았다. 하지만 그런 내 완벽한 인생에 얼룩 같은 과오가 이 일기장에 들어 있었다. 심지어 그날의 목격자까지. 훗날 내가 큰 성공을 거두어 "저는 평생 양심에 어긋나는 행동을 단 한 번도 하지 않았습니다."

라는 식의 인터뷰라도 한들, '이 세상 어딘가에서 시영이가 날 비웃겠구나.'라는 생각이 들었다.

　단 한 번이었다. 단 한 번. 지울 수만 있다면 인생의 딱 그 부분만 말끔히 도려내 버리고 싶었다. 나는 찝찝한 마음에 일기장꾸러미를 깡그리 챙겨 빌라 앞 쓰레기장으로 향했다. 이 일기장은 전부 태워 버려야 한다. 이건 내 인생의 유일한 오점이 적혀 있는 세상에 존재하면 안 되는 기록물이다.

　"저기 아저씨!"

　"네……? 무슨 일이시죠?"

　"설마 그 일기장 버릴 건가요?"

　"아, 네……. 제가 곧 이사를 가서……. 타는 쓰레기로 내놓으려고요."

　"혹시 아저씨, 살면서 치명적으로 부끄러웠던 순간이라도 있었어요?"

　"그게 무슨……."

　"일기장을 굳이 재활용도 아닌 타는 쓰레기로 버리신다기에요. 뭐 일기장에 엄청 부끄러운 내용이라도 적혀 있는 건가 했죠."

　"하하하. 예리한 학생이네요……."

　"정말요? 그렇다면 만약 아저씨에게 기회가 한 번 더 주어진다면,

이번에는 올바른 선택을 할 수 있겠어요?"

"당연히 있죠! 어리석게도 이 일기장을 보기 전까진 떠올리지도 못했던……."

"그럼 제가 아저씨한테 과거를 수정할 수 있는 기회를 드릴까요?"

"그게 가능하다고요……? 학생 뭐 하는 사람인데? 이 동네 교복은 아닌 것 같은데……."

"맞아요, 전 이 동네 학교 학생은 아니에요."

"지금 고등학교 수업 시간 아닌가? 학생은 학교 안 가고 뭐 해요?"

"아이참. 아저씨, 지금 그게 중요해요? 아저씨 인생의 오점을 고칠 수 있는 기회가 있다니까요?"

"무슨 수로요……?"

"아저씨한테 제가 과거를 바꿀 수 있는 기회를 팔게요. 대신 그 일기장들 저 주실래요?"

"남의 일기장을 왜……. 근데 이건 안 돼요!"

"왜요?"

"말했다시피 부……, 부끄러운 내용이 있어서……."

"어차피 아저씨 과거를 바꾸면, 그 일기장은 더 이상 세상에 존재하지 않는 거 아닌가요?"

"그…… 그런가……?"

"그럼 이 일기장 저 주시는 거예요?"

정수는 의심의 눈초리로 여고생을 위아래로 한번 훑어보았으나, 돈을 요구하는 것도 아니었기에 적어도 사기꾼은 아니라고 생각했다.

"어떻게 하면 되는 건데요?"

여고생은 주머니에서 구슬 하나를 꺼내 정수의 손바닥 위에 올려놓았다.

"이 구슬을 보면서 인생의 딱 한 부분, 고치고 싶은 그날을 떠올리면 돼요. 구슬 안에 그날의 영상이 떠오르면 손을 쥐세요. 그럼, 아마 구슬이 연기처럼 녹아내리면서 아저씨를 그날로 데려갈 거예요."

"별로 어렵진 않네요. 근데 잠깐만요……. 이게 사기일 수도 있잖아요? 지금 당장 이 자리에서 확인해 봐도 될까요? 내가 사라지면 그때 학생이 내 일기장을 가져요."

"의심이 많은 아저씨네……. 그럼, 그렇게 하세요."

정수는 여고생과 자신의 사이에 일기장을 내려놓은 뒤 구슬을 손바닥에 올려놓았다. 그리고 그날의 교실을 떠올렸다. 구슬 안에 교실의 영상이 떠오르자 그는 재빨리 손바닥을 쥐었다. 그러자 곧 그는 연기와 함께 여고생 앞에서 사라졌다. 여고생은 방금 구슬을 꺼내었던 주머니를 다시 한 번 열어 보았다.

"구슬도 이제 2개밖에 안 남았구나."

3교시 종이 울리자마자 선생님은 학생들에게 시험지를 나눠 주었다. 정수가 시험지를 받아 문제를 쭉 훑어보니, 띄엄띄엄 아는 한자 몇 개가 눈에 들어왔다. 정수는 문제의 순서를 무시한 채 아는 것부터 후

다닥 채워 나갔다. 하지만 정수가 아는 문제는 절반이 채 되지 않았다. 그 때 갑자기 행정실 직원분이 교실 앞문을 두드렸다.

"최 선생님, 잠깐 교무실로 와 보셔야 할 것 같아요."

"무슨 일이시죠?"

"아마 다음 주 장학사님 오시는 것 때문인 것 같아요."

"네, 알겠습니다. 지금 바로 내려갈게요."

행정실 직원분과 선생님은 교실 문을 반쯤 열어 둔 채로 작게 속삭이셨지만, 두 사람의 대화는 시험을 치르던 학생들 전원의 귓가에 아주 선명하게 도착했다.

"너희는 얌전이들 시험 문제 풀고 있어. 선생님 금방 올 거니까."

"네!"

선생님이 교실을 비운 뒤, 5분이 채 지나지 않아 학생들은 집단 커닝을 하기 시작했다.

"야, 나 정답 좀 보여 줘."

"희영아, 우리도 서로 베낄래?"

정수는 친구들의 집단 커닝을 보면서 생각했다. 고작 쪽지시험이 뭐라고 이렇게까지 한단 말이야? 시험을 잘 본다고 해서 상을 주는 것도 아닌데, 국영수도 아닌 고작 한자시험 따위에 굳이 남의 시험지를 베낄 필요는 없다고 생각했다. 정수는 시험지를 뒤집어엎고, 연필을 책상에 내려놓은 뒤 교실을 둘러보았다. 생각보다 커닝에 가담하지 않는 친구들도 제법 눈에 띄었다. 그들은 정직해서라기보다는 그냥 공부에 별 관

기회를 파는 소녀

심이 없는 친구들이었다. 곧 선생님이 교실로 돌아왔다.

교실로 돌아온 선생님은 뒤숭숭한 교실 분위기에 집단 커닝을 눈치 챘고, 실망감을 감추지 못한 큰 한숨과 함께 학생들에게 말했다.

"그래, 감독 선생님도 없이 교실을 비운 내 잘못이지……. 오늘 시험 은 전부 무효다."

"네? 아, 왜요!"

"내일 3교시에 똑같은 문제로 다시 재시험 볼 테니까 그렇게들 알 고."

정수는 어차피 반타작했을 시험이 전원 무효 처리되자, 좀 허무해졌 다. 시험이 끝나면 집에서 밤새 게임을 할 계획이었는데, 내일까지 머 릿속에 한자를 암기하고 있어야 한다는 게 너무나 귀찮았기 때문이다. 그래도 이왕 하루가 더 주어졌으니, 오늘은 좀 공부를 해 볼까 싶었으 나 결국 컴퓨터 게임의 유혹을 이기진 못했다.

다음 날 시험은 어제보다는 아는 문제가 몇 개 더 있었지만, 다른 친 구들이 전날보다 월등히 많은 공부를 해 온 탓에 오히려 정수의 등수는 떨어졌다. 하지만 정수는 크게 개의치 않았다. 한자 쪽지시험 결과 따 위는 부모님께 굳이 알려지는 것도 아니었으니까.

중학생이 되자 정수의 친구들은 다양한 커닝 방법을 개발했다. 선배 들을 통해 구전된 방법과 새로운 방법들 사이에서 감독 선생님의 성향 에 따라 적절한 커닝법을 선택해 시도했다. 헛기침이 심한 감독 선생님 의 시험은 동작 커닝으로, 귀가 안 좋은 선생님의 시험은 초치기로 커닝을 했다. 정수는 반에서 중간 정도의 성적이었기에 딱히 커닝무리에게 청탁을 당하진 않았는데, 베껴지는 쪽이 아니라고 해서 커닝 무리가 그를 가만히 두는 것은 아니었다. 일주일 동안 매점에서 빵과 음료를 사다 주면 커닝에 끼워 주겠다는 제안에 정수는 잠시 솔깃했으나, 사실 그는 커닝을 하면서까지 성적을 올릴 필요성조차 느끼지 못했다.

그래도 가끔 내신에 반영되지 않는 과목의 쪽지시험 정도는 가벼운 커닝에 가담하기도 했다. 내신에 들어가지도 않는 시험까지 애써 공부를 하긴 싫었고, 내신 미반영 과목은 자신의 커닝으로 인해 남에게 피해를 주는 일도 아니었기 때문이다.

가끔씩 길을 걷다가 땅에 떨어진 '꽁돈'을 줍는 날이면, 정수는 종일 기분이 좋았다. 그럴 땐 친구들을 불러서 배가 터질 때까지 분식을 마음껏 시켜 먹었다.

대학생이 되어 오리엔테이션 후 과대가 남은 회비를 어찌할지 고민하자, 정수는 선배들을 불러 다 함께 술이나 마실 것을 제안했다. 학생회를 비롯한 소수의 무리만 모여 공금으로 마시는 술이라 그런지 정수는 어쩐지 과에서 특별한 직급을 갖게 된 기분이었다. 비록 과대가 되거나 학생회에 들지는 못했지만 말이다.

정수는 살아오는 동안 단 한 번도 부끄러운 순간이 없었다. 자신의 삶은 언제나 당당했으며, 남들 하는 정도에서 크게 벗어난 적이 없었기 때문이다. 그는 스스로 자신이 정말로 '괜찮은 사람'이라 생각했다.

정수의 대학 캠퍼스 벤치에서 어느 초등학생의 일기장을 들여다보

기회를 파는 소녀

던 여고생이 말했다.

"삶의 오점이야말로 그 사람의 인생을 더욱더 빛나게 해 줄 수 있다는 걸 왜 사람들은 모르는 걸까?"

여고생이 들여다보고 있었던 건 누군가의 6월 4일 일기였다.

2부

영대 아저씨의 1초

저는 택배업에 종사하고 있습니다. 집안 형편으로 인해 대학에 진학하지 못했고, 군대를 다녀와 각종 일용직을 전전하다 스물다섯에 군대에서 알게 된 형님의 소개로 한 택배회사의 직영기사가 되었습니다. 형님 말씀이 직영기사로 몇 년만 꾸준히 일하면 지입기사도 될 수 있다고 하더군요. 직영기사는 월급 형태라 벌이가 얼마 되지 않지만, 지입기사가 되면 제 소유의 차량으로 택배 대리점과 직접 계약을 맺어 벌이가 훨씬 나아진다고 합니다. 저는 지입기사를 목표로 신도시 아파트 단지 한 구역을 맡아 7년째 성실하게 근무 중입니다.

흔히들 생각하시기에 아파트 단지 내 택배 배송은 주택가에 비해 일이 쉬워 보이지만 막상 현실은 그렇지가 않습니다. 배송 중 엘리베이터 사용으로 인한 주민과의 갈등을 피할 수 없으며, 고층 단지의 경우 착불거래로 인해 엘리베이터를 놓치기라도 하면 굉장히 큰 시간적 손실이 발생하기 때문입니다. 그로 인해 당일 할당량을 채우지 못하면, 저는 저의 퇴근을 늦출 수밖에 없습니다. 꼭 신선식품이 아니어도 요새는 택배를 무조건 하루 만에 받아야 한다는 인식이 있어서 배송이 지연될 시 소비자 민원이 들어오기 때문입니다.

물론 이 일이 힘든 일만 있는 것은 아닙니다. 가끔씩은 수고가 많다며 음료를 건네주시는 상냥한 분들도 계십니다. 가족보다 반가운 게 택배기사님이라는 농담도 있잖아요? 제가 반가운 게 아니라 택배 박스가 반가운 거겠지만 그래도 벨을 눌렀을 때 반갑게 맞아 주시는 분들의 미소는 제게 큰 힘이 됩니다.

그렇게 꾸준히 근무해서 목돈을 모아 제 개인 소유의 택배 차량을 구입하려 했는데, 문제는 7년 동안 택배업을 하면서 무릎 관절이 너무나 많이 상해 버렸다는 것입니다. 배송은 대부분 엘리베이터로 하지만, 택배 트럭을 오르내리는 것만으로도 무릎에 큰 무리가 가거든요. 심지어 요즘 신도시 아파트는 저상차량만을 고집하다 보니, 수화물을 싣고 내리는 과정에서 허리도 많이 망가졌습니다. 지입기사가 되어도 20대처럼은 배송물량을 소화하는 게 어렵겠더라고요.

그래도 이 일을 처음으로 시작했을 때부터 지입기사가 제 최종 목표였기에 결국 좀 무리하게 대출을 껴 결국 저는 제 소유의 택배 차량을 구입하게 되었습니다. 7년이나 근무를 했음에도 대출을 받을 수밖에 없었던 이유는, 그동안 홀어머니의 생활비와 각종 병원비로 인한 지출 때문에 막상 큰돈은 모으지 못했거든요. 이대로 돈이 다 모일 때까지 기다렸다간 영원히 제 소유의 차량을 가지지 못할 것 같아, 그동안 모은 돈에 부족한 돈은 일단 대출로 메꿔서 1톤짜리 택배차량을 계약했습니다.

"영대 씨, 드디어 지입차량 계약한 거야?"

"네, 아직 대출이 좀 껴 있기는 한데……. 그래도 7년이나 걸렸네요."

"어우~ 영대 씨, 한동안 밥 안 먹어도 배부르겠는데?"

"저는 굶어도 이 녀석은 굶길 수 없으니, 앞으로 기름값 열심히 벌어야죠! 하하하!"

지입기사가 되어 대기업 택배 대리점과 직접 계약을 한 뒤, 구역을 바꾸어 배송을 하게 되었습니다. 다행히 이번에도 아파트 단지였어요. 동네는 달라졌지만, 단지 배송은 대부분 비슷비슷해서 업무에 큰 어려움은 없었습니다.

저는 웬만해선 당일에 배송을 해 드리고자 노력합니다. 그런데 간혹 너무 늦은 시간까지 배송을 하다 보면, 물량을 다 소화하지 못하는 날이 더러 있습니다. 그럴 땐 잔여물량을 차량 한구석으로 몰아넣은 채, 찝찝한 마음으로 퇴근을 합니다. 어쩔 수 없으니까요. 하루는 남은 물량을 정리해서 귀가하던 중 고객님께 전화가 걸려 왔습니다.

"기사님! 에버파크 3차, 302동 1705호 택배 오늘 못 받나요?"

기회를 파는 소녀

"아, 에버파크 3단지 물건은 내일 들어갈 것 같은데요……."

"아……. 저 그거 급한 건데……. 내일 꼭 필요한 거거든요……. 어떻게 안 될까요?"

"제가 이미 에버파크 단지를 지나쳤는데……. 고객님, 많이 급하신 건가요? 제가 내일은 꼭 배송해 드리겠습니다!"

"내일 면접에 꼭 입어야 하는 옷이라서요……. 어떡해……."

"아, 면접이요……."

한때는 저도 면접을 보러 다니던 시절이 있었습니다. 하지만 고졸 학력으론 일자리를 구하는 게 쉽지 않았죠. 대부분 서류에서 걸러졌지만, 가끔 면접이라도 보게 될 때면 그때부터는 마땅한 복장을 구하지 못해 전전긍긍하곤 했습니다. 정장을 빌릴 만한 친구도 없었고, 살 돈은 더더욱 없었으니까요. 결국 제대로 된 복장조차 갖추지 못한 채로 면접에 임했으니, 될 리가 없었죠. 고객님의 전화를 받았던 순간, 문득 그 시절 생각이 제 머리를 스쳤습니다.

"고객님, 제가 댁까지는 어렵고……. 혹시 15분 뒤에 아파트 정문까지만 나와 주실 수 있을까요?"

"네! 나갈게요! 감사합니다! 정말 감사해요 기사님!"

급하게 차량을 유턴한 뒤, 다시 단지로 돌아가는 동안 괜히 그런 생각이 들었습니다. 내일 고객님이 내가 배송한 옷을 입고 면접에 합격하셨으면 좋겠다는 생각. 고작 택배 하나에 거창한 의미를 부여하며 그날 밤, 그곳으로 돌아갔던 것 같아요.

정문에는 1705호 고객님이 잠옷에 겉옷만 걸친 채로 크게 손을 흔들고 계셨습니다. 저는 잠시 단지 앞에 임시 주차를 한 뒤, 내려서 고객님께 물건을 전해드렸어요. 고객님은 몇 번이나 머리를 숙여 인사를 하신 뒤, 댁으로 들어가셨습니다.

10시에서 11시로 넘어가는 늦은 밤, 그날따라 단지 주변에는 보행자 한 명 보이지 않았습니다. 그런데 저 멀리 갓길에 불법 주차된 차량들 사이로 웬 주황색 불빛 같은 게 보였습니다. 저는 황급히 시동을 걸어 그 불빛이 보이는 도로 쪽으로 운전대를 돌렸어요.

가까이 가 보니, 주황색 불빛은 빛이 아닌 불길이었습니다. 불법 주차된 차량들 사이로 구형 소나타 한 대가 들이받혀 있었고, 차량의 정면 유리는 이미 산산조각이 난 채 깨져 있었습니다. 그렇게 깨진 유리들과 불길 사이로 차량 안쪽이 들여다보였습니다. 운전석과 조수석의 탑승자들은 이미 의식을 잃고 피를 흥건하게 쏟고 있었어요. 가망이 없어 보였습니다. 그래도 저는 서둘러 핸드폰을 꺼내 일단 119를 눌렀습니다. 그 순간 차량 뒷좌석 쪽에서 어린 여자아이의 목소리가 들려왔습니다.

"살려 주세요……. 사…… 살려 주…… 엄마…… 아빠…….."

"네. 119입니다. 여보세요!"

사고 차량의 바닥에 기름이 흥건하게 고여 있는 것을 분명히 보았지만, 이미 제 몸은 차량 뒷좌석 유리를 부수고 있었습니다. 바닥에 던져진 핸드폰에서 119 직원의 목소리가 거듭 들려왔지만, 그 순간 제겐 대답할 겨를이 없었어요. 저는 부서진 유리창 틈으로 손을 넣어 서둘러 뒷좌석을 연 뒤, 어린 소녀를 제 택배 작업복으로 감싸 꺼냈습니다. 그렇게 차량으로부터 멀어지려던 순간 '펑!' 하는 소리가 들렸고, 불현듯 앞좌석 사람들에 대한 우려로 그만 차량을 향해 고개를 돌려 버린 겁니다. 그렇게 불길은 제 얼굴의 절반을 덮쳐 버렸습니다.

다행히 아이는 무사했으나, 저는 어깨를 포함한 얼굴 절반 이상을 3도 화상으로 잃었습니다. 이후 2번의 피부이식을 받았음에도 흉측한 흉터가 남고 말았죠. 아이는 부모를 잃은 충격에 실어증에 걸렸고, 이후 어딘가의 기관에서 데려갔다는 소식만 들었습니다. 저는 이 모든 소식을 병상에 누워서 붕대를 칭칭 감은 상태에서 들었어요. 제가 직접 두 눈으로 아이의 상태를 확인해 보고 싶었지만, 당시의 저는 제 몸 하나 제대로 건사하지 못했습니다.

몇 달간의 화상 치료를 마친 뒤, 재활을 거쳐 일터로 복귀하려고 보니, 제 차는 이미 저의 치료비로 흔적도 없이 사라졌더군요. 가까스로 한 생명을 구한 뒤 사경을 헤매다 퇴원한 저에게 남은 것이라곤 두 달도 소유하지도 못한 차량의 대출 빚뿐이었습니다.

저는 결국 다시 직영기사로 근무하게 되었습니다. 별다른 방법이 없었어요. 사정을 딱하게 여긴 예전 대리점 사장님께서 다시 기꺼이 일자리를 내어 주셨고, 저는 그렇게 다시 월급쟁이 직영기사로 돌아갔습니다.

하지만 제 인생은 사고 전과 모든 것이 달라져 있었습니다. 매일 밤

화상 부위의 극심한 통증에 시달렸고, 흉측한 외모로 인해 더 이상 사람들 앞에서 고개를 들지 못하게 되었습니다. 예전에는 반갑게 택배 박스를 맞아 주던 고객님들이 제 얼굴을 본 뒤 본사에 민원을 넣기 시작했죠. 곧 단지 내에는 흉흉한 소문마저 돌았습니다. 수상한 사람이 택배기사로 위장해서 단지를 돌아다니고 있으니 목격 시 곧장 관리실로 신고를 해 달라는 등……. 그중에서도 가장 괴로웠던 건, 엘리베이터에서 입주민을 마주칠 때였습니다. 그들 표정의 당혹스러움과 일그러짐을 마주할 때마다 제가 마치 괴물이 된 것 같았어요.

차고지에서 그날의 택배 물품을 분류 선적할 때, '문 앞에 놔 주세요.'라고 적힌 송장이 붙어 있는 물건은 너무나 반가웠으나, '대면 배송 부탁드립니다.'라는 메시지는 공포로 다가왔습니다. 착불 거래는 말할 것도 없고요.

"괴물이다! 괴물!"

"괴물을 무찌르자!"

어느새 저는 단지 내 꼬마들의 놀림거리가 되어 있었고, 처음에는 제지하는 듯했던 부모들도 나중에는 자신의 아이들을 방치하기 시작했습니다. 저는 점점 장님, 귀머거리, 벙어리가 되어 갔어요. 날 보고 일그러진 표정이 보여도 보이지 않는 척. 나를 향해 조롱하는 목소리가 들려도 들리지 않는 척. 택배 물건을 건넬 때 목소리를 내면 혹여 고개를 들어 내 얼굴을 볼까 봐 배송을 하는 동안엔 아무 말도 하지 않았습니다.

엘리베이터가 처음 발명되었을 당시, 속도를 개선하고자 다양한 연구를 했다고 합니다. 하지만 아무리 속도를 높여도 승객들의 불만은 도통 줄어들지를 않았습니다. 결국 승강기의 속도를 개선하는 대신, 엘리베이터 내부에 거울을 설치했대요. 그러자 속도에 관한 민원이 말끔하게 사라졌다죠?

대부분의 사람들은 엘리베이터 거울을 통해 자신의 외모를 점검합니다. 거울에 비친 내 모습을 보고 있으면, 순식간에 목적지에 도착하거든요. 하지만 저는 엘리베이터 안에서 고개를 들지 못합니다. 거울 속에 비친 제 모습은 제게도 너무나 역하기 때문입니다. 사고 전이라고 해서 그다지 잘생긴 외모는 아니었으나, 그래도 혐오감을 주는 수준은 아니었습니다. 그냥 평범한 축에 속했어요. 하지만 지금의 제 모습은 저 스스로도 받아들이기가 너무 힘들었어요. 근육이 엉겨 일그러진 볼, 화상 흉터와 주름으로 인해 푹 꺼진 눈꺼풀. 저를 꺼려하는 주민들을 차마 원망할 수도 없을 만큼 저 역시 매일 엘리베이터 거울을 통해 제 자신을 마주하며 힘들었습니다.

어느 날 문득 그런 생각이 들더군요. 제가 만약 그날, 배송을 마친 뒤 다시 그곳으로 돌아가지 않았더라면 어땠을까. 불빛을 발견하고도 운전대를 잡지 않았더라면……. 119에 구조전화를 건 뒤 차량으로부터 멀찌감치 물러서 있었더라면……. 이랬더라면……. 저랬더라면……. 수도 없는 '만약에'가 제 머릿속을 헤집었어요.

"아저씨!"

"……."

"저기요, 택배 아저씨!"

"네…… 네? 저…… 저 말인…… 말인가요……?"

영대는 말하는 방법을 잊어버린 사람처럼 더듬으며 대답했다.

"아저씨 혹시 되돌리고 싶은 순간이 있으세요?"

"무…… 무슨 말이…… 말이죠……?"

"아저씨가 살아온 모든 순간 중에서 딱 한 번만 되돌릴 수 있다면, 처음과는 다른 선택을 하고 싶은 순간이 있으시냐고요."

영대는 머뭇거리며 고개를 숙인 채 여고생의 말을 듣고만 있었다.

"아저씨, 제 말 듣고 계세요?"

"드…… 듣고 있습니다. 혹시 여기 주민이시…… 신가요?"

"여기 주민은 아니고요, 그냥 며칠 전부터 아저씨를 쭉 지켜봤어요."

"저를 왜……."

"아홉 번째 구슬은 아저씨를 위해서 쓰고 싶어서요."

"구슬…… 이요?"

"아저씨 이것 보세요! 이 구슬은 아저씨 인생에 기회를 한 번 더 줄 수 있는 구슬이에요."

영대는 눈꺼풀만 살짝 들어서 여고생이 내민 구슬을 바라보았다.

"이 구슬을 이용하면 아저씨 과거의 선택을 되돌릴 수 있어요. 가장 후회되는 순간으로 돌아가 그때와는 다른 선택을 하는 거죠."

여고생의 설명을 듣는 영대의 머릿속에 그날 밤 전경이 떠올랐다. 영대 인생에서 되돌리고 싶은 순간은 오직 그날뿐이었으니까.

"저…… 정말로 시간을 되돌릴 수 있어요……?"

"물론이죠! 의지만 있다면 전혀 다른 선택을 할 수 있어요. 아저씨의 미래가 완전히 바뀌는 거죠."

"이…… 이런 영험한 구슬을 왜 나한테 주는 겁니까……?"

"확인하고 싶은 게 있어서요."

"그냥 주는 거예요……?"

"아저씨가 제 마지막 손님이니까, 오늘은 그냥 드릴게요."

"혹시 지금 당장 시간을 되돌릴 수 있어요……?"

"만약 아저씨에게 기회가 한 번 더 주어진다면, 이번에는 올바른 선택을 할 수 있겠어요?"

"그럼요! 그렇고말고요!"

"자, 그럼 아저씨 손바닥을 저한테 좀 내밀어 주시겠어요?"

여고생은 영대의 손바닥 한가운데에 살포시 유리구슬을 올려놓았다.

"이제 아저씨가 시간을 되돌리고 싶은 순간을 간절하게 떠올려 보세요. 제 눈에는 보이지 않지만, 아저씨한테는 구슬 안에 그날의 영상이 떠오를 거예요. 바로 그 때, 구슬을 쥐세요."

영대는 무언가에 홀린 듯 구슬을 바라보다, 어느 순간 구슬을 꼭 쥐었다. 여고생은 그가 사라진 빈 허공을 한참 동안 응시했다.

"살려 주세요……. 사…… 살려 주……."

"네. 119입니다. 여보세요!"

영대는 사고 차량의 바닥에 기름이 흥건하게 고여 있는 것을 분명히 보았지만, 그의 손은 이미 차량 뒷좌석 유리를 부수고 있었다. 바닥에 던져진 핸드폰에서 끊임없이 119 직원의 목소리가 흘러나왔음에도, 그는 대답할 생각조차 없어 보였다. 영대는 부서진 유리창 틈으로 손을 넣어 서둘러 뒷좌석을 연 뒤, 어린 소녀를 자신의 택배 작업복으로 감싸 꺼냈다. 그렇게 아이를 품에 안은 채 차량으로부터 멀어지려던 순간 '펑!' 하는 소리가 들렸다. 영대는 불현듯 앞좌석에 있었던 아이의 부모를 확인하고자 고개를 돌려 버리고 말았다. 그렇게 불길은 영대의 얼굴 절반을 덮쳐 버렸다.

다행히 아이는 무사했으나, 영대는 어깨를 포함한 얼굴 절반 이상에 3도 화상을 입었다. 이후 2번의 피부이식을 받았음에도 왼쪽 얼굴엔 크고 흉측한 흉터가 남아 버렸다. 얼굴과 상반신에 붕대를 칭칭 감고 누워 있는 영대에게 어느 날 누군가 면회를 왔다.

"전 잘 이해가 안 되네요."

"학생, 오랜만이에요."

"전 분명 그날 아저씨한테 새로운 인생을 살 수 있는 기회를 드렸는데, 어째서 이번에도 같은 선택을 하신 거죠?"

"선택이 아니었어요."

"네?"

기회를 파는 소녀

"그건 선택이 아니었어요."

"분명히 과거를 되돌리고 싶다고 하지 않으셨어요? 처음과 같은 선택을 하셨으니, 기억을 잃어버리지도 않으셨을 테고……. 설마 그동안 사람들에게 당했던 설움을 그새 다 잊으셨어요?"

"그럴 리가요. 그걸 어떻게 잊겠어요……."

"그런데 왜……."

"시간을 되돌려 불타고 있는 차량을 발견한 순간 깨달았어요."

"뭐를요?"

"제가 당장 저 아이를 구하지 않으면 그 아이는 죽는 거예요."

"그래서요?"

"모르겠어요? 그건 마트에서 물건을 고르듯 내가 선택 할 수 있는 게 아니에요."

"……."

"단 1초도 생각할 겨를이 없었어요. 몸이 먼저 반응을 한 거죠."

"이러면 제가 아저씨한테 구슬을 나눠 준 의미가 없잖아요!"

"에이, 아니에요. 학생한테 정말 너무 고마워요. 제게 이런 멋진 기회를 줘서. 이번 생에는 제 선택을 후회하지 않으면서 살 수 있을 것 같아요."

"……."

영대가 해맑게 웃으며 대답하자 여고생은 더 이상 말을 잇지 못했다. 곧 간호사가 다가와 상처 드레싱을 위해 영대 얼굴에 둘러진 붕대

를 한 겹, 한 겹 풀기 시작했다. 붕대가 전부 풀리자 영대는 침대 머리
맡에 있던 손거울로 자신의 얼굴을 들여다보았다.

"이게 말이죠, 생각보다 멋진 흉터였어요. 그걸 이제야 알다니!"

"제가 봐도 아저씨는 자신의 선택에 후회가 없어 보이네요."

"물론이죠! 그나저나 제가 마지막 손님이라고 했던 것 같은데, 귀한
구슬을 이렇게 써 버려서 어쩌죠?"

"아뇨, 어쩌면 마지막 구슬이 저한테 정답을 알려 준 것 같네요."

기회를 파는 소녀

할머니와 10개의 구슬

남편을 떠나보낸 지도 벌써 7년이 흘렀습니다. 어느덧 손녀 민정이가 고등학교에 입학을 했고, 첫 여름 방학을 맞아 할머니 집에 놀러 오겠다며 기별을 했죠. 저는 민정이가 오기 전날 미리 시장에 나가서 당근과 밀가루, 대파 등을 구입했어요. 손녀딸이 제가 만든 당근 수제비를 굉장히 좋아하거든요.

"은반지~ 가락지~ 노리개 팔아요~!"

장을 보고 집으로 돌아오는 길, 버스 정류장 옆에서 이것저것 다양한 잡동사니를 파는 허름한 좌판을 발견했어요. 좌판상은 벙거지 모자를 깊게 눌러 쓴 채 팔짱을 끼고, 낚시 의자에 심드렁하니 앉아 있더군요. 저는 남편 생각이 나서 잠시 그곳에 발길을 세웠습니다. 남편은 종종 이렇게 길거리 좌판 구경을 하는 걸 좋아했어요. 허리띠라던가, 구두약, 성분조차 제대로 알 수 없는 이상한 물약 같은 걸 늘어놓은 좌판을 그냥 지나치지 못했죠.

"이 가락지는 얼마예요?"

"할머니 가락지 보시게요? 옥가락지는 3만 원, 쌍가락지는 5만 원만 주세요~!"

"요 은반지는요?"

"아…… . 이거 은반지는 세트로만 파는데…… . 2개 7만 원이요~!"

"2짝씩이나는 필요 없는디…… ."

그때 좌판 한구석에 덩그러니 놓여 있던 먼지 쌓인 구슬꾸러미가 제 눈에 들어왔어요. 구슬은 탁구공과 계란의 중간 정도 크기였는데, 마치 작은 스노우볼처럼 생겼더군요.

"저 구슬꾸러미는 뭐예요?"

"아, 이 구슬꾸러미요? 할머니, 물건 볼 줄 아시네! 이 구슬로 말할 것 같으면, 기회를 한 번 더 얻을 수 있게 해 주는 구슬입니다."

"그게 무슨 말이여……?"

"그러니까 이 물건은 할머니가 살아오는 동안 했던 선택들 중에서 가장 후회가 되는……, 다시 말해 처음과 다른 선택을 하고 싶은 바로 그 순간으로 시간을 되돌릴 수 있는 구슬이라 이 말이죠!"

차라리 성분도 알 수 없는 물약을 파는 좌판상이 낫겠다는 생각이 들더군요. 세상 물정 모르는 늙은이라고 허무맹랑한 소리나 늘어놓는

기회를 파는 소녀

걸 보니 딱 사기꾼이다 싶었습니다. 애써 굽혔던 무릎을 일으키려던 찰나, 상인이 그러더군요.

"뭐, 아니면 손녀딸 선물로나 주시던지요. 요즘 애들은 이런 구슬 엄청 좋아할걸요?"

좌판상의 말을 듣는 순간 내일 서울로 놀러 오기로 한 손녀딸 민정이가 떠올랐어요. 그런데 정말로 요즘 애들이 이런 걸 좋아할까요? 저는 좌판상이 매우 수상했지만, 먼지가 뽀얗게 쌓였음에도 무지갯빛을 내는 영롱한 구슬을 보니 그럴 수도 있겠다는 생각이 들었습니다.

"이 구슬들은 다해서 얼마예요?"

"10개 만 원입니다, 손님!"

"싸구먼! 그럼 그거 전부 다 주구려~!"

"할머니, 잠깐만 기다려 주시면 제가 구슬을 좀 닦아서……. 어디 보자~! 할머니 이 손가방 어때요? 여기다 넣어 드릴까?"

좌판상이 구슬 하나를 집어 입김을 후 불더군요. 옷소매로 구슬을 하나하나 정성껏 뽀도독하게 닦아 주기에, 고마운 마음에 방금 마트에서 구입한 사과 하나를 건넸습니다.

"아유, 구슬에 가방까지……. 고맙구먼~ 상인 양반, 이거 사과 하나 잡숴요."

"아이고 감사합니다, 할머니. 잘 먹을게요! 하나, 둘, 셋……, 여덟, 아홉, 열! 자, 손가방 안에 구슬 전부 담아 드렸고요, 설명서도 한 장 따로 넣어 드릴게요. 어디 보자~ 설명서가 어디 있더라~ 아! 여기 있었네! 할머니, 이 가방 이대로 손녀딸한테 선물로 주시면 됩니다~!"

그날 저는 무언가에 홀린 듯 길거리 좌판에서 구슬꾸러미를 구입해 버렸습니다. 그리고 집으로 돌아오자마자 자개장 안쪽 깊숙한 곳에 일단 숨겨 두었죠. 손녀딸이 이번에는 한 일주일 정도 묵었다가 돌아간다고 하니, 떠나는 날 깜짝 선물로 줄 요량으로요.

다음 날 터미널로 손녀딸 마중을 나갔습니다. 터미널에는 키가 훤칠한 아가씨가 저를 향해서 양팔을 크게 흔들고 있었어요. 처음에는 누군가 싶었는데, 글쎄 그 아가씨가 바로 제 손녀딸 민정이었지 뭐예요. 조그마했던 꼬마가 어느새 다 커서 숙녀가 되어 버렸더라고요.

딸 부부 내외는 은행에서 근무를 했는데, 십수 년 전쯤 지방으로 이직을 하면서 잠시 손녀딸을 제게 맡겼었습니다. 민정이는 여느 아이들과 달리 굉장히 순한 편이었기에 젊은 부모 대신 돌보는 게 그리 어렵진 않았습니다. 애기 때부터 잠도 잘 자고, 그리 많이 울지도 않았어요. 아, 당시에는 남편도 살아 있었고요. 그래도 할머니인 저를 유독 잘 따라서 함께 손을 잡고 동네를 돌아다니면 온 동네 사람들의 예쁨을 독차지하곤 했죠.

아무튼 그랬던 아이가 어느새 훌쩍 커서 보호자도 없이 혼자 버스를 타고 할머니를 보겠다며 서울로 온 거예요. 정말이지 너무나 기특하더라고요. 하지만 버스에서 내리자마자 제 품에 와락 안겨 냄새를 한 번 깊게 맡는 모습을 보니, 아직은 영락없는 꼬마더군요. 웃음이 절로 났습니다.

기회를 파는 소녀

"우리 민정이, 벌써 아가씨 다 됐네! 이제 고등학교 올라간겨?"

"응! 나 이제 고1이야! 우리 학교 교복도 엄청 예뻐!"

손녀딸이 친구들과 함께 찍은 휴대폰 사진을 보여 주었어요. 사진 속 학생들은 하나같이 귀여운 아가씨들이었지만, 그래도 저는 우리 민정이밖에 안 보이더라고요. 아마도 손녀딸 반에선 우리 민정이가 제일 예쁠 테지요.

"우리 민정이 뭐 먹고 싶은 거 있어?"

"난……, 할머니가 만들어 준 당근 수제비!"

"그려, 그려. 할머니가 집에 가자마자 수제비 만들어 줄겨~!"

"할머니 최고! 난 할머니가 만들어 준 당근 수제비가 제일 맛있더라!"

함께 집으로 돌아와 사이좋게 수제비 반죽을 만드는 동안, 민정이가 그러더군요. 내일 제일 친한 친구가 서울에 놀러 오기로 했는데, 할머니 집에서 자도 되냐고……. 당연히 된다고 했지요! 우리 손녀딸 친구를 볼 수 있는 절호의 기회잖아요? 또 얼마나 귀여운 아가씨가 놀러 와 늙은이 혼자 사는 이 텅 빈 집 안에 활력을 채워 줄지, 너무나 기대됐어요.

다음 날 친구 마중을 간다던 손녀는 늦은 밤이 되어서야 친구와 함께 집으로 돌아왔어요. 둘이 함께 남산타워 구경을 다녀왔다고 하더라고요. 남산 펜스에 우정 자물쇠도 달고, 무료승강기도 타 봤다며 손녀딸이 신나게 설명을 하는데 친구라는 아이는 내내 집 안을 훑듯이 두

리번거리기만 했어요.

아무래도 나이를 먹으면 그 나이 또래에는 알 수 없었던 여러 가지 것들이 보이곤 합니다. 민정이가 데려온 친구는 손녀딸이 생각하는 것만큼 민정이를 가깝게 여기는 것 같지 않더군요. 그저 서울로 놀러오기 위한 구실이 필요했던 아이 같았어요. 물론 제 생각일 뿐입니다.

두 아이는 곧 방으로 들어가 인터넷 영상을 보며 함께 하하호호 수다를 떨기 시작했어요. 아마도 이 늙은이의 기우였을까요……? 새벽에 둘이서 몰래 라면도 끓여 먹고, 완전범죄를 위해 설거지까지 해 놓은 것을 보니 그제야 마음이 좀 놓였습니다. 첫인상만으로 사람을 함부로 판단하면 안 되는 건데, 저는 뭐가 그리 찜찜했던 걸까요.

친구가 돌아간 뒤에도 민정이는 저와 함께 일주일을 더 보냈습니다. 하늘나라로 먼저 간 남편과 함께 했던 공간을 일주일 동안 손녀딸이 채워 주었죠. 남편과 나란히 앉았던 소파에 손녀딸과 나란히 앉아 TV를 보고, 남편과 마주 보고 앉았던 식탁에서 손녀딸과 마주 보고 밥을 먹었습니다.

"할머니, 이건 비밀인데……. 난 실은 엄마 아빠보다 할머니가 더 좋다? 엄마 아빠는 회사 다니느라 나한테 별로 관심도 없거든."

"에이~ 그런 말 하면 못써! 느이 엄마가 너를 얼마나 사랑하는데……."

"할머니는 나 안 사랑해?"

"당연히 할머니도 민정이 사랑하지……. 그래도 느이 엄마만큼은

기회를 파는 소녀

아닐걸?"

"피이~ 아닌 것 같은데. 엄마 아빠랑 달리 할머니는 날 위해서 뭐든지 해 줄 것 같단 말이야."

"할머니가 할 수 있는 거라면 뭐든지 해 주지~ 근데……, 느이 부모도 표현을 잘 안 해서 그렇지, 우리 민정이가 해 달라는 건 뭐든 다 해 줄겨~!"

"몰라! 난 그래도 할머니가 제일 좋아!"

"그려, 그려~ 할미도 우리 민정이가 젤로 좋구먼!"

저는 그때까지만 해도 제가 살아 있는 동안에는 이 같은 여름이 앞으로도 꾸준히 반복되리라 믿어 의심치 않았어요. 그래서 손녀딸이 돌아가는 날, 선물을 깜빡하고도 별로 개의치 않았죠. 다음 겨울 방학 때 주면 된다고 생각했으니까요. 그런데 민정이가 돌아가고 석 달 뒤, 딸한테 전화가 왔습니다. 내 손녀딸 민정이가 옥상에서 투신을 했다고.

전화를 끊자마자, 옷가지도 제대로 챙겨 입지 못한 채 손녀딸이 입원한 지방병원 중환자실로 달려갔어요. 각종 호스가 덕지덕지 온몸에 달려 있던 아이는 간신히 숨만 붙어 있는 상태였습니다.

"장모님, 오셨어요……."

"어떻게 된 거여……. 우리 민정이가 어쩌다가……."

"나도 모르겠어……. 담임 선생님 말씀이……. 아마도 학교에서 괴롭힘을 당한 것 같대. 엄마……. 이대로 우리 민정이 영영 못 일어나면 어떡해? 엄마, 나 우리 민정이 없이 못 살아. 으어엉……."

"그런 말 입에 담지도 말어! 우리 민정이 금방 일어날 거구먼!"

중환자실에 누워 있는 손녀딸을 보자마자 억장이 무너질 것 같았지만, 정신 줄을 놓아 버린 사위와 딸 앞에선 저라도 정신을 붙들어 매어야 했습니다. 그렇게 몇 날 며칠이 지나도 민정이의 의식은 돌아오지 않았고, 다시 직장으로 돌아가야 하는 자식 내외를 대신해 제가 아예 이쪽으로 내려와 민정이의 간병을 맡기로 했어요.

다시 서울로 돌아와 차근차근 짐을 챙겼습니다. 겨울옷은 부피가 커서 차마 버스로는 가져갈 수 없겠더라고요. 택배를 불러 겨울 옷가지를 전부 딸 집으로 부친 뒤, 실내의 모든 전기와 가스를 끊고 집을 나섰습니다. 어쩌면 올겨울엔 집으로 돌아오지 못할 수도 있으니까요.

택시를 잡아타 터미널로 가던 중 기사님한테 이상한 이야기를 들었어요. 신림동 어딘가에 감정을 사고파는 수상한 가게가 있다는……. 기사님은 그것을 마치 도시괴담인양, 우스개로 이야기하더군요. 하지만 살다 보면 말로는 다 설명할 수 없는 희한한 일들이 제법 생기잖아요? 저는 곧 목적지를 신림동으로 바꾸었습니다.

"어서 오세요!"

가게의 주인은 손님을 한 번 흘끗 쳐다만 본 뒤 다시 묵묵히 컵을 닦았다.

"여그서 내 행복을 좀 팔려고 하는디……."

"행복이요?"

행복을 팔러 온 손님의 방문은 개업 이래 처음 있는 일이었기에 사장은 놀라지 않을 수 없었다. 이곳을 방문하는 대부분의 손님들은 열등감이나 증오와 같은 감정을 팔러 오기 때문이다.

"여가 택시기사 양반이 말한 감정을 사고파는 데구먼……. 정말로 있기는 있었네. 근디……."

할머니는 잠시 말을 멈춘 뒤, 가게 안을 두리번거리기 시작했다. 곧 손녀딸 또래의 미성년자로 보이는 남학생 하나가 다가와 할머니에게 손을 내밀었다.

"아, 저희 엔지니어한테 할머니 손을 좀 내밀어 주시겠어요?"

"이렇게 하면 되는 겨?"

"그런데 행복을……. 저희가 매입할 수는 있는데……. 굳이 왜 행복을……."

당황하는 사장과 달리 엔지니어라 불리던 소년은 눈을 감고 묵묵히 할머니의 행복을 감정했다. 주로 증오나 슬픔을 감정해 왔던 엔지니어는 난생처음으로 손님의 행복을 감정했다. 엔지니어는 말없이 한참 동안 할머니의 손바닥을 붙잡고 있었는데, 그것은 신중을 기한다기보다는 도리어 할머니의 감정에 취해 버렸다는 표현이 맞을 것이다. 할머니의 행복이 너무나 평범하고 아름다웠기 때문이다.

"행복이라는 이름의 '희로애락'을 그짝한테 팔 테니……."

"할머님, 저희한테 행복을 팔겠다는 거예요? '희로애락'을 팔겠다는 거예요? 판매를 희망하시는 감정명을 정확히 말씀해 주셔야……."

사장은 감정 중에 말을 바꾸는 할머니에게 확인차 되물었다.

"사람들이 잘 모르는 게 있는디, 행복이라는 것은 희로애락의 다른 말이여."

"네? 그게 무슨……."

"내 행복을 당신들한테 팔고, 또 그것을 되팔아 줬으면 하는 상대가 있구먼……."

"상대가 누구인가요?"

"내 손녀딸 민정이에게 대신 이 행복을 좀 팔아 줄 수 있는겨? 돈은 얼마든 지불할 터이니……."

"손녀분은 지금 어디에 계시는데요? 함께 오셨으면 모를까……."

그 때 할머니의 눈가가 촉촉해지기 시작했다. 할머니는 순간 서러운 듯 옷소매로 눈물을 훔치며 대답했다.

"지금 지방병원 중환자실에 있구먼……."

"중환자실이요?"

"괴롭힘을 당했는지, 따돌림을 당했는지……. 옥상에서 투신을 했다지 뭐요……. 다행히 나무에 걸려 목숨은 건졌는디……."

엔지니어가 조심스럽게 할머니의 말을 잘랐다.

"할머니, 할머니의 이 행복을 추출하면 할머니의 영혼은 완전히 망가질 거예요."

"괜찮여……. 일찍이 남편 보내고 죽을 날만 기다리는 늙은이가 뭐가 아깝것어……. 그보다 앞으로 살날이 더 창창한 우리 손녀한테 부디 이 행복을 좀 대신 팔아 주구려……. 내 이렇게 부탁할게요……. 이 대로는 운 좋게 깨어나도 또다시 몹쓸 선택을 해 버릴 것 같다우…….”

할머니는 의자에서 일어나 엔지니어의 두 손을 붙들고 간절하게 말했다. 그러자 다시 할머니의 찬란한 행복이 엔지니어에게 느껴졌다. 장사꾼이라면 이런 손님을 절대로 놓치지 않을 것이다. 엔지니어는 잠시 고민하는 듯하더니 이내 할머니에게 다소 황당한 제안을 건넸다.

“할머니, 단 조건이 있어요. 저희가 손녀분한테 할머니의 행복을 되팔아 드리는 대신 할머니 행복의 절반을 저한테 주세요.”

위험한 거래에는 역시나 그에 상응하는 대가가 따르는 법이다. 하지만 할머니는 지금 그들과 흥정을 할 처지가 아니었다.

“절반이면 충분혀……. 나머지는 민정이가 살면서 채워 나가야제…….”

할머니는 그제야 한시름 놓은 듯 엔지니어의 꽉 잡은 두 손을 놓아주었다. 그리고 사장과 엔지니어를 번갈아 보면서 말했다.

“나이 여든 넘은 노인네의 실없는 소리 같겠지만, 살다 보면 또 참살 만한 것이 인생이구먼. 우리 민정이는 아직 너무 어려서 그것을 몰랐던 게지……. 물론 그 나이 또래에는 또 우리 세대가 모르는 나름의 삶에 대한 버거움이 있겠지. 그걸 미리 헤아리지 못한 어른들의 잘못인 거고……. 아무리 그래도 그 어린것이 뭣이 그리 힘들었길래 그런 선택을 했는지……. 도대체 어떤 심정으로 그 계단을 올라갔을지…….”

말하는 동안 또다시 할머니의 눈시울이 붉어졌다.

"그…… 그럼, 우리가 출장을 가야 하는 건가? 손녀분이 입원한 병원은 어디에 있는 병원인가요?"

"지금 바로 가 주는 거여?"

"감정 추출은 현장에서 작업하는 게 가장 좋아요."

엔지니어는 창고로 들어가 유리병 하나를 꺼내 왔다. 곧 가방 안에 그 유리병을 담아 가게를 떠날 채비를 했다. 사장은 허둥지둥 내부를 정리한 뒤 문 앞에 걸린 팻말을 '외출중'으로 돌려놓고 가게의 문을 잠갔다.

그들은 할머니를 따라 버스 터미널로 이동한 뒤 손녀딸이 입원해 있다는 지역의 버스 티켓을 끊었다. 사장과 엔지니어가 나란히 함께 앉았고, 할머니는 두 사람과 통로를 사이에 두고 옆 좌석에 따로 앉았다. 사장은 할머니에게 들리지 않을 정도의 목소리로 엔지니어에게 물었다.

"어쩔 셈이야? 정말로 할머니의 행복을 전부 꺼낼 거야?"

"응."

"할머니 괜찮으실까?"

"당연히 안 괜찮겠지. 하지만 손녀딸이 죽는 것보단 낫겠지."

"할머니의 행복이 그 정도야? 자살을 시도한 여고생의 인생을 바꿀 만큼?"

"할머니는 세상에서 가장 평범하고도 찬란한 인생을 사셨어."

"그걸 어떻게 알아?"

기회를 파는 소녀

"아까 할머니의 행복을 감정했잖아."

"전혀 안 그래 보이는데, 엄청 대단하신 분인가?"

"아마 저분의 인생은 역사에 남지도 않고, 신문 한 켠에 실리지도 않을 만큼 평범한 삶이셨을 거야."

"그런데 저 할머니의 행복이 그 정도로 대단하다고?"

두 사람이 소곤소곤 이야기를 나누는 동안 금세 터미널에 도착했다. 그들은 할머니와 함께 택시를 타고 병원으로 이동했다.

할머니를 따라 들어간 중환자실엔 너무나 가냘픈 소녀가 온몸에 각종 호스를 덕지덕지 붙인 채 누워 있었다. '뚜- 뚜- 뚜-' 소리가 유리창 밖으로도 들리는 것만 같았다.

"이 아이가 우리 손녀딸이여……. 참말로 이쁘제?"

손녀딸의 침대 옆에서 엔지니어가 말없이 할머니에게 손을 내밀자, 할머니는 기꺼이 두 손을 그에게 맡겼다. 곧 할머니의 행복을 손바닥으로 추출했고, 엔지니어는 그것을 조심스럽게 유리병으로 옮겨 담았다.

이어서 그는 민정에게 다가가 소녀의 손을 들어 올렸다. 손바닥을 통해 소녀의 얇은 맥박이 전해졌다. 엔지니어는 자신의 손으로 소녀의 손을 오므린 뒤, 그 오므린 손바닥 안으로 유리병에 담긴 할머니의 행복을 정확히 절반만 쏟아부었다. 나머지 절반의 행복이 담긴 유리병은 뚜껑이 꽉 잠긴 채, 엔지니어의 가방으로 들어갔다. 용무가 끝난 그들은 할머니에게 인사를 한 뒤, 나란히 병원을 나섰다. 병원 밖으로 나온 사장이 엔지니어에게 물었다.

"저 소녀, 괜찮겠지?"

"보통 사람과는 조금 다른 인생을 살게 되겠지. 할머니의 행복은 일생에 걸쳐서 축적된 다양한 감정의 총집합체니까. 절반이어도 아마 이전과는 전혀 다른 삶을 살게 될 거야."

그날 할머니는 영혼이 텅 빈 껍데기가 되었다.

기회를 파는 소녀

　민정과 지아는 반에서 가장 친한 친구사이였다. 둘은 같은 중학교
출신이었고, 고등학교 1학년 첫 학기에 자리가 앞뒤로 배정되면서 급
속도로 친해졌다. 두 사람은 쉬는 시간에도 항상 붙어 다녔으며 방과
후에는 종종 사이좋게 떡볶이를 먹으러 가기도 했다.

　내성적이었던 민정은 활발하고 명랑한 지아가 늘 먼저 자신에게 다
가오는 것이 너무나 고마웠다. 새 학년 새 학기를 맞아 새 친구를 사귀
어야 한다는 부담감이 있었는데, 지아는 그런 민정의 고민을 말끔하게
날려 준 친구였다.

　하지만 지아는 샘이 많은 아이였다. 민정과 서로 부족한 과목을 도
와주며 밤새도록 함께 시험공부를 했음에도 민정의 성적이 자신보다

높게 나오자 마음이 상했고, 곧 그것을 보란 듯이 SNS에 표출했다. 그러면서도 민정이 자신 이외의 다른 친구와 가깝게 지내면 교묘하게 둘 사이를 이간질하기도 했다. 아이러니하게도 지아에게 민정이라는 친구는 반에서 가장 좋아하면서도 동시에 견제하는 그런 친구였다.

지아는 딱히 반에서 가장 우수하고 싶다던가, 주목받고 싶은 욕구가 있는 것은 아니었다. 다만 적어도 내 친구가 나보다 잘나서는 안 되는 아이였던 것이다. 만약 민정이 지아보다 공부실력이 뛰어나지 않았고, 자신 이외에 친구가 없었더라면 지아는 진심으로 민정을 좋아했을 것이다.

지아는 3반 부반장 경훈을 좋아했다. 그 나이 또래 여자애들이 으레 그렇듯 지아 역시 이 같은 자신의 비밀 짝사랑을 민정에게만 공유했다. 민정은 자신의 얘기를 하는 것보다 친구의 이야기를 듣는 걸 더 좋아하는 친구였기에 둘 사이의 대화는 주로 지아가 민정에게 일방적으로 떠드는 식이었다. 좀 더 정확히 표현하자면 민정은 자신의 이야기를 타인에게 잘 표현하지 못했다. 그래서 민정은 자신의 감정을 미주알고주알 떠드는 지아가 자신과 잘 맞는다고 생각했다. 원래 비슷한 친구끼리보다는 반대되는 사람끼리 더 오래간다고 하지 않던가. 민정은 지아와 자신의 우정이 영원할 거라 생각했다.

첫 여름 방학을 맞아 민정은 서울에 있는 외할머니 댁에 놀러 갈 계획을 세웠다. 이 사실을 알게 된 지아는 서울에 친척이 있는 민정에게 새로운 부러움을 느꼈다. 자신은 태어나서 단 한 번도 서울에 가 보지 못했기 때문이다. 심지어 민정이 어린 시절 잠깐 서울 외할머니 손에서 자란 적이 있다는 말을 아무렇지도 않게 흘리자 또 다른 샘이 치솟았다. 하지만 이런 지아의 속내를 알 리 없는 민정은 가장 친한 친구를 외할머니한테 보여 주고 싶은 마음에 지아를 서울로 초대했다.

"나 외할머니 집에 놀러 가 있는 동안 너도 서울로 놀러 올래? 할머니가 하룻밤 정도는 재워 주실 수 있을 거야!"

"정말? 정말 나, 가도 돼?"

"물론이지!"

지아는 민정의 서울 초대가 기쁘면서도 얄미웠다. 부모님도 얼굴을 아는 친구 민정의 외할머니 댁이라면 당연히 허락해 주실 터이니, 지아도 드디어 서울에 가 볼 수 있게 된 것이다. 하지만 동시에 자신을 초대하는 민정의 태도가 영 마음에 들지 않았다. 지아의 샘은 순수한 호의도 꼬아 보게 만들었다. 민정에게 외할머니의 서울 거주에 대한 부심 같은 건 전혀 없었다. 민정은 그저 지아와 함께 방학 때 특별한 추억을 만들고 싶을 뿐이었다.

여름 방학 일주일 뒤, 지아는 부모님의 배웅을 받으며 서울행 버스에 몸을 실었다. 태어나서 처음으로 부모님 없이 떠나는 외박여행이었다. 물론 그쪽에도 보호자는 있지만 말이다. 지아는 서울에 가면 가장 먼저 남산타워에 갈 계획을 세웠다. TV 방송에서 서울을 비출 땐 언제나 남산타워 또는 63빌딩을 배경으로 찍는다. 그래서 지방 고교생들의 서울에 대한 로망은 대부분 남산타워에서 시작한다. 지아 역시 화면

속 영상으로만 보던 남산타워의 실물을 드디어 직접 두 눈으로 볼 수 있을 거라 생각하니 가는 내내 가슴이 두근거렸다.

터미널에 도착하자 지아는 낯선 땅에서 자신을 마중 나온 민정이 조금은 반가웠다. 둘은 터미널 인파 한가운데서 서로 꺅꺅거리며 얼싸안았다. 민정 역시 개학 이후 주말을 제외하고 매일매일 교실에서 얼굴을 마주하던 단짝친구를 일주일 만에 재회하자 그 반가움이 곱절에 달했다.

두 사람은 지하철을 이용해서 명동으로 갔다. 지아는 난생처음 타보는 서울의 지하철이 너무나 신기했고, 능숙하게 개찰구를 통과하는 민정이 새삼 대단해 보였다. 하지만 명동역 3번 출구로 나온 뒤 길을 헤매는 민정을 보자, 그만 '풋-!' 하고 웃음이 나와 버렸다. 지아는 이상하게 서울에서의 민정이 그다지 얄밉지 않았다. 두 사람은 곧 휴대폰을 꺼내 지도를 확인해 가며 남산타워를 찾기 시작했다. 하지만 이내 골목길에서 길을 잃어버렸고, 결국 편의점 알바생에게 길을 묻게 되었다.

"그냥 쭉 직진하시면 돼요."

두 사람이 발견한 편의점은 평소 남산타워를 찾다가 길목을 잘못 들어선 손님이 잦았던 가게였다. 그래서 그곳 알바생은 웬만하면 대부분의 행인들에게 길을 자세히 안내하는 편이었다. 하지만 그날따라 하필 방금 들어온 도시락을 신속하게 진열해야 했던 그는 갑작스런 학생들의 등장에 남산타워 가는 길을 친절하게 설명할 겨를이 없었다.

기회를 파는 소녀

"뭐야, 서울 사람들 완전 별로다!"

"그러게……. 근데 알고 보면 저 사람도 서울 사람 아닌 거 아냐?"

"킥킥. 그럴 수도?"

알바생의 속사정을 알 리 없는 민정과 지아는 그의 퉁명스러운 대답에 마음이 상하기보단 함께 신나게 서울 사람을 험담하며 심리적 공감대를 형성했다. 때론 뒷담화가 서로의 관계를 돈독하게 만들기도 한다. 지아는 평소 자신의 뒷담화에 심드렁하게 반응하는 민정이 마음에 들지 않았었는데, 오늘따라 민정이 웬일로 자신의 얘기를 잘 거들어 준다고 생각했다. 사실 민정의 입장에선 매일 얼굴을 맞대는 같은 반 친구에 대한 험담은 마음이 불편할 수밖에 없지만, 두 번 다시 볼 일 없는 서울 어딘가의 편의점 알바생에 대한 험담은 조금도 어려울 게 없었던 것이다.

우여곡절 끝에 도착한 남산타워는 생각보다 으리으리했으나, 전망대에 올라가려면 별도로 입장료를 지불해야 했다. 두 사람은 만 원이 넘는 전망대 요금에 깜짝 놀라 그냥 타워 주변만 구경하기로 했다. 남산타워 주변 철조망에는 그간 말로만 듣던 자물쇠가 잔뜩 걸려 있었다.

"이거구나! 나 여기 진짜 와 보고 싶었어!"

지아는 자물쇠가 걸린 철조망들을 보자 탄성을 질렀다. 지아의 눈에는 이 모든 자물쇠 하나하나가 마치 사랑의 결실처럼 느껴졌다. 반면 지아와 달리 민정은 자물쇠에 대한 감흥보다는 속으로 '여기에 걸린 사람들의 사랑은 전부 이루어진 걸까?', '헤어지면 도로 뜯으러 오나?'

등의 생각을 하고 있었다. 관광지 자물쇠 하나에도 두 사람은 전혀 다른 감상을 갖고 있었다. 하지만 이내 곧 지아는 민정에게 스스로도 전혀 예상치 못했던 제안을 꺼내 버렸다.

"민정아, 우리도 여기다 자물쇠 달까? 우정 자물쇠!"

"우정 자물쇠?"

낯선 서울 땅에서, 그것도 꿈에 그리던 남산타워에 자신을 데려다 준 친구가 그날따라 설명할 수 없을 만큼 좋아졌던 지아는 지금의 우정을 이대로 각인하고 싶어졌다. 설명할 수 없었던 그날의 감정은 두 사람 앞으로 붉게 물들기 시작한 저녁노을의 마법이었을 수도, 아니면 그냥 여기까지 올라오면서 함께 고생한 친구에게 생긴 동료애일 수도 있었다. 지아는 그날 그 순간 가장 순수하게 민정을 좋아했다.

철조망 한가운데 우정 자물쇠를 걸며 지아가 말했다.

"예전에는 자물쇠 키를 저 산에다 던져 버렸대. 영원히 풀 수 없도록."

"우리 건 살 때 열쇠 따로 없지 않았어?"

"환경오염 문제 때문에 이제는 열쇠 던지는 걸 금지했다고 저기 적혀 있더라."

"그래서 키 없는 자물쇠를 파는 거구나."

"민정이 네 덕분에 서울 구경 제대로 했네! 이제 내려갈까?"

"그래, 우리 할머니가 저녁 맛있는 거 해 주신대!"

지아는 민정을 따라 민정의 외할머니 댁으로 갔다. 일찍이 외할머니

기회를 파는 소녀

가 돌아가신 지아는 외할머니와의 추억이 별로 없었기에 할머니에게 오늘 있었던 일들을 살갑게 미주알고주알 떠드는 민정의 모습이 조금 생소하게 다가왔다. 지아의 친할머니는 엄격한 분이셨기에 지아에게 푸근한 할머니 상 같은 건 드라마 속에서나 보던 광경이었다.

지아는 민정이 할머니와 대화하는 동안 집 안 구석구석을 훑어보기 시작했다. 서울에 사는 할머니라기에 얼마나 대단한 곳에 사시나 싶었는데, 지아의 눈에 이곳은 낡고 허름하기 짝이 없었다. 게다가 집 안에서 특유의 이상한 냄새마저 느껴졌다. 민정에겐 터미널에서 할머니를 마주치자마자 품에 안길 정도로 푸근한 할머니의 냄새가 지아에겐 그렇지 못했던 것이다. 아무튼 그날 밤 두 사람은 밤새 유튜브 영상을 시청하기도 하고, 할머니 몰래 라면을 끓여 먹기도 하면서 부모님 없는 서울에서의 밤을 만끽했다.

다음 날 지아는 민정의 배웅을 받으며 집으로 돌아갔고, 민정은 일주일가량을 더 할머니 댁에 묵었다. 두 사람은 만나지 못하는 동안에도 매일 연락을 주고받았다. 그렇게 어느새 순식간에 여름 방학이 지나가 버렸다. 서로의 SNS를 통해 어차피 방학기간 동안의 친구들 근황은 전부 알고 있었지만 그래도 민정은 지아와 친구들을 실제로 만날 수 있는 개학날이 너무나 기다려졌다.

"민정아!"

"지아야!"

대략 한 달 만에 교실에서 마주친 두 사람은 부둥켜 얼싸안으며 서로에 대한 반가움을 표현했다. 지아는 민정에게 하고 싶은 이야기가 산더미처럼 쌓여 있는 상태였다. SNS에는 차마 올리지 못했던 자신의 비밀 근황을 지아는 한시 빨리 민정과 공유하고 싶었다.

"경훈이는 여름 방학 내내 친구들이랑 축구만 했대!"

"그걸 어떻게 알아?"

지아는 자랑스럽게 자신이 비공개로 염탐하는 SNS 계정을 민정에게 보여 주었다. 민정은 방학기간 동안 경훈의 소식을 전혀 알지 못했기에 SNS 사진 속 3반 부반장의 까무잡잡한 피부가 도대체 어디가 멋있다는 건지 전혀 이해가 되지 않았다. 하지만 민정은 굳이 그걸 지아에게 내색하지 않았다. 그저 맞장구 삼아 "그러네, 멋있네." 정도의 대답만 해 주었다.

두 사람이 쉬는 시간 매점에 갈 때면 종종 복도에서 경훈과 마주쳤다. 민정과 지아는 늘 함께였기에 경훈을 마주칠 때마다 민정은 속으로 '지아 또 얼굴 빨개졌겠네.'라고 생각했다. 지아가 차마 경훈과 눈도 마주치지 못한 채 고개를 푹 숙이고 민정의 팔을 꽉 잡을 때마다 민정은 대신 경훈에게 고개를 까딱였다.

언젠가부터 민정과 지아가 3반 앞으로 지나갈 때마다 3반 남자애들이 경훈의 이름을 부르기 시작했다. 그건 친구에게 용무가 있어 호명한다기보다는 "경훈아~ 경훈아 복도로 좀 나와 봐~!"라는 식이 대부분이었다. 지아는 처음엔 경훈의 이름이 들릴 때마다 흠칫 놀라며 주변을 두리번거렸으나 막상 경훈이 주변에 있었던 적은 없었다. 교실

기회를 파는 소녀

안에서 "아, 하지 말라고!"라는 식의 경훈의 짜증 섞인 목소리만 들릴 뿐이었다. 문득 지아는 그런 생각이 들었다.

"경훈이가 나 좋아하는 거 아닐까?"

"설마 고백받았어?"

"그건 아닌데, 내가 지나갈 때마다 괜히 걔네 반 애들이 경훈이 찾고 그러잖아."

"걔들 일부러 그런 거야? 대박이다!"

"내가 먼저 고백해 볼까?"

"진짜? 괜찮겠어?"

"경훈이 성격상 쑥스러워서 절대 먼저 고백은 안 할 거란 말이지."

지아는 마치 경훈이에 대해 다 안다는 듯 말했다. 민정은 확실하지 않은 상태에서 괜히 고백했다 거절당하면 지아가 창피하지 않을까 걱정이 되었지만, 이미 그녀는 결심을 마친 듯했다.

"나 오늘 방과 후에 직접 고백하려고."

"어떻게 불러낼 건데?"

"그래서 말인데……. 민정쓰, 네가 대신 경훈이 좀 불러 주면 안 될까?"

"내가? 3반에 가서? 그냥 톡으로 하면 안 돼?"

"얼굴 보고 직접 고백하고 싶단 말이야, 내가 이렇게 부탁할게!"

팔짱은 낀 채 몸을 이리저리 흔들며 부탁하는 지아를 차마 거절할 수 없었던 민정은 그 순간 남산의 우정 자물쇠를 떠올렸다. 곧 '그래! 친구로서 그 정도도 못 해 주겠어?'라는 생각이 들어 결국 민정은 지아에게 슬쩍 고개를 끄덕였다.

"저기, 너희 반 최경훈 좀 불러 줄 수 있을까?"

민정의 부름에 갑자기 3반 남학생들이 휘파람을 불기 시작했다. 영문을 알 수 없었던 민정은 순간 당황했지만 이내 창가 쪽 자리에 앉아 있던 경훈이 얼굴을 붉히며 민정에게 다가왔다.

"혹시 오늘 방과 후에 시간 돼?"

"어……. 어? 시간 되는데……."

"그럼 수업 끝나고 음악실로 좀 와 줄래?"

"어……. 알겠어."

민정이 경훈과 직접 대화를 해 본 것은 이번이 처음이었다. 그는 보기와는 달리 낯가림이 심해 보였다. 민정은 교실로 돌아와 지아에게 미션을 완수했음을 보고했다.

"꺄! 고마워! 민정쓰, 최고야! 만약에 경훈이랑 잘되면 내가 진짜 맛있는 거 쏠게!"

"그래, 그래. 알았어."

지아는 이미 경훈과 사귀기라도 하는 것처럼 들떠 있었다. 지아는 곧 파우치에서 쿠션팩트를 꺼내 콧잔등과 이마를 두드리기 시작했다. 민정은 주머니에 있던 립글로스를 지아에게 빌려주었다. 수업을 마친 뒤, 민정은 음악실로 향하는 지아에게 파이팅을 외쳤다.

"민정아, 나 떨려!"

기회를 파는 소녀

"잘될 거야, 톡으로 결과 말해 줘!"

집으로 돌아온 민정은 교복을 갈아입은 뒤, 지아의 연락을 기다렸다.

💬 ¹ **어떻게 됐어? 뭐래?**

하지만 그날 밤 민정이 잠들기 전까지도 지아의 1은 사라지지 않았다.

이튿날 학교에 도착한 민정은 어제 도대체 어떻게 된 거냐 묻기 위해 지아의 책상으로 다가갔다. 그런데 지아는 더 이상 민정과 눈을 맞추려 하지 않았다.

사실 3반 부반장 경훈은 민정을 짝사랑하는 중이었다. 심지어 경훈의 반 친구들도 모두 그 사실을 알고 있었다. 지아가 쭈뼛거리며 경훈 옆으로 지나칠 때마다 대신 목인사를 건네었던 민정에게 경훈은 호감이 생긴 것이다. 지아는 경훈에게 고백하러 간 음악실에서 자신의 마음을 정중하게 거절당한 뒤 이 사실을 알게 되었다.

집으로 돌아오는 길 지아에겐 차마 말로는 다 표현할 수 없을 만큼의 수치심과 분노가 치밀었다. 지난여름 드디어 민정이 진심으로 좋아졌는데, 자신의 그런 마음을 배신하고 민정이 경훈에게 꼬리를 치고 있었던 것이다. 심지어 자신이 경훈을 좋아한다는 사실을 뻔히 알고 있었으면서 말이다. 지아는 지난날 자신의 비밀 계정으로 경훈의 SNS를 민정에게 보여 주었을 때 "그러네, 멋있네."라고 대답하던 민정의 모습이 불현듯 떠올랐다. 지아는 그동안 민정도 남몰래 경훈을 좋아했으면서 그 사실을 감쪽같이 숨긴 채 자신의 연애를 응원하는 척 기만을 했다고 확신했다.

지아는 집으로 돌아와 이불에 얼굴을 파묻고 엉엉 울기 시작했다. 민정의 톡이 울리는 것을 보았지만 끝까지 열어 보지 않았다. 대신 같은 반 친구 마당발 서정을 집으로 불러다 자신의 상황을 하소연했다.

"으어어엉……. 서정아……. 난…… 정말 민정이가 그런 애인 줄 몰랐어……. 으아아앙……."

"지아야, 무슨 일이야!"

"나 사실 1학기 때부터 3반 부반장 경훈이를 좋아했거든? 아무한테도 말하지 않고 조용히 남몰래 짝사랑하고 있었는데……. 그 사실을 민정이가 알게 됐어……."

"민정이가 어쩌다 그걸 알게 됐는데?"

"내 핸드폰을 몰래 본 것 같아. 으어엉……."

분노에 치민 지아는 상황을 교묘하게 지어내기 시작했다.

"민정이 그렇게 안 봤는데, 남의 핸드폰에 손을 댔다고?"

"내가 경훈이를 좋아한다는 사실을 알게 된 이후로 민정이도 경훈이한테 관심이 생겼나 봐. 왜 그런 거 있잖아, 원래는 관심도 없었는데 옆 사람이 좋아하면 그때부터 신경 쓰이는……."

"맞아! 그런 애들 있어! 있어! 꼭 친구가 좋아하는 남자 같이 좋아하는 애들 있어!"

"내가 경훈이를 얼마나 좋아하는지 뻔히 다 알면서……. 그동안 나

기회를 파는 소녀

몰래 경훈이한테 꼬리를 치고 있었더라고. 으어어엉……."

"뭐? 친구가 좋아하는 남자한테 꼬리를 쳤다고? 와……. 민정이 그런 애였어?"

"난 그런 줄도 모르고……. 오늘 음악실에서 경훈이한테 고백을 해 버린 거야. 경훈이는 이미 민정이한테 넘어갔더라고……."

"어떡해. 너무 창피했겠다."

서정이 지아를 다독이며 함께 분노해 주자 지아는 더욱 서럽게 목소리를 높여 오열했다. 마당발이자 의리파 서정은 지아의 말을 들은 뒤 가만히 있을 수 없다고 생각했다.

"지아야, 울지 마! 그딴 애 때문에 왜 네가 이렇게 마음고생을 해야 하는 건데!"

"난……. 난 정말 민정이를 친구라고 생각했어. 학기 초에 민정이 늘 혼자 있었던 거 기억나? 내가 일부러 먼저 말도 걸어 주고 그랬는데……."

"알지, 알지! 민정이 걔 진짜 사람도 아니다. 은혜를 이렇게 갚다니……."

"나 이거 서정이 너한테만 털어놓는 거니까……. 비밀 지켜 줘야 해!"

"걱정 마! 아무한테도 절대 말 안 할 테니까……."

지아는 서정의 수다스러움을 노리고 연락했기에 자신이 이렇게 말한다 한들, 곧 반 전체에 소문이 파다하게 퍼질 거라는 것 정도는 이미 알고 있었다. 그렇게 소문은 학교 전체에 삽시간에 퍼져 나갔다. 그냥 퍼져 나간 정도가 아니라 살이 붙고 이야기가 각색되어 민정은 곧 전교생에게 따돌림을 당하게 되었다.

내막을 전혀 알지 못했던 민정은 지아와 멀어진 것도 속상한데 자신에게 떠도는 소문의 출처를 도무지 알 길이 없었다. 도리어 민정은 소문 때문에 지아가 자신에게 오해를 했다고 생각했다. 민정은 자신이 단 한 순간도 경훈을 좋아한 적이 없으며, 꼬리 친 적도 없다는 사실을 지아에게 알려야 한다고 생각했다. 하지만 지아는 민정에게 변명할 기회조차 주지 않았다. 지아가 민정을 교실에서 무시하자, 다른 친구들 역시 민정을 없는 사람 취급하기 시작했다. 민정은 곧 교실에서 유령 같은 존재가 되었다.

아무도 민정에게 말을 걸지 않았고, 민정이 말을 걸어도 대답하지 않았다. 심지어 그들은 민정과 시선조차 마주치지 않았다. 민정은 가끔 '내가 정말로 이 교실 안에 존재하는 걸까?'라는 생각이 들었다. 그렇게 지옥 같았던 학교생활을 마친 뒤 민정이 집으로 돌아오면 발신자를 알 수 없는 악의적인 문자와 익명톡이 끊임없이 울려 댔다. '걸레', '친구 남자한테 꼬리 치는 쓰레기', '예쁜 애들 씹는 년', '그냥 죽어 버려, 왜 사니? 자살해.' 등등……. 나중에는 핸드폰 진동만 울려도 민정은 손이 떨리면서 눈물을 쏟아 냈다.

민정은 매일 밤 그날이 떠올랐다. 지아와 함께 서울 남산타워에 갔던 날. 그날 민정은 지아가 철조망에 자물쇠를 거는 모습을 보면서 두 사람의 우정이 영원할 거라고 확신했다. 문득 '혹시 누군가 우리의 자물쇠를 떼어 버린 것일까? 도대체 언제 어디서부터 우리의 사이가 망가진 거지?'라는 생각이 들었다. 민정은 끊임없이 스스로를 몰아세웠다. 익명의 괴롭힘보다 지아와 멀어진 게 더욱 견딜 수 없었던 민정은 결국 지아네 집으로 찾아갔다.

"미쳤어? 여기가 어디라고 와?"

"지아야……. 혹시 내가 뭐 잘못한 거 있어?"

"뭐래~ 병신……."

"지아야……. 왜 그래……. 나한테 서운한 게 있으면 제발 말해 줘……. 내가 다 고칠게……."

민정은 눈물을 뚝뚝 떨구며 지아에게 애원했다. 그녀는 눈물이라도 빌려서 지아의 마음을 돌리고 싶었다.

"그냥 앞으로 내 눈에 띄지 마. 재. 수. 없. 으. 니. 까."

"지아야……. 지아야 제발……."

"그리고 한 번만 더 우리 집에 찾아오면, 그땐 진짜 가만 안 둘 줄 알아."

지아는 마치 벌레를 보는 듯한 경멸스러운 표정으로 이를 갈며 민정에게 말했다. 민정은 차마 집으로는 돌아가지 못하고 지아네 집 근처를 배회하며 서럽게 울었다. 민정은 지아가 제발 다시 나와 주길 바랐다. 자신의 어깨를 툭툭 치면서 '민정쓰, 장난이야! 서프라이즈~!'라고 말해 주는 간절한 상상을 수도 없이 반복했다.

민정은 그날 이후 일부러 수업 직전 아슬아슬하게 등교를 했고, 수업이 끝나면 제일 먼저 도망치듯 하교를 했다. 그렇게 부랴부랴 교실을 벗어나 하교를 하던 중 복도에서 운동장으로 축구를 하기 위해 뛰쳐나가는 3반 남학생들을 마주쳤다.

"어디서 걸레 냄새 안 나냐?"

"야, 듣겠다. 큭큭."

민정은 순간 눈물이 왈칵 쏟아졌지만 이대로 복도에서 울어 버리면 조롱이 더 심해질 게 자명했기 때문에 차마 소매로 눈물을 훔치지도 못했다.

"야, 운다, 울어. 큭큭."

"다리 휜 거 봐."

"쟤 원조교제도 한다며? 경훈이 완전 좆 될 뻔!"

순간 민정은 자신의 귀를 의심했지만 그들은 분명히 '원조교제'라는 단어를 사용했다. 민정은 화장실로 도망쳐 휴지로 입을 막은 채 엉엉 울었다. 그때 갑자기 핸드폰 진동이 울리기 시작했다.

👎 원조하다 낙태했다는 거 실화임?

👎 님 성병은 안 걸림?

👎 돈만 주면 나랑도 해 주나?

👎 너희 부모는 딸이 몸 파는 거 앎?

기회를 파는 소녀

핸드폰 대기화면으로 줄줄이 뜨는 문장들을 보자 민정의 두 손이 떨리기 시작했다. 민정은 그길로 가장 가까운 상가 옥상으로 올라가 몸을 던졌다.

손녀딸이 간신히 의식을 회복했음에도 할머니는 아무런 반응을 하지 않았다. 그저 의자에 가만히 앉아 있을 뿐이었다. 행복이라는 찬란한 감정이 전부 제거된 할머니는 영혼 없는 산송장이나 다름없었다.

민정은 곧 할머니가 자신을 살리기 위해 동동거리다 신림동 골목길의 수상한 가게에서 어떠한 거래를 했는지 알게 되었다. 당장 모든 걸 제자리에 돌려놓기 위해 서울로 달려갔으나, 가게는 이미 문을 닫은 뒤였다.

자신 때문에 할머니가 이렇게 되었다는 사실을 알게 된 민정은 건강을 회복하고도 학교로 돌아가지 않았다. 이제는 자신이 할머니를 돌봐야 한다고 생각했기 때문이다. 민정은 할머니의 삼시세끼는 물론 목욕 및 대소변 수발까지 전부 해냈고, 날씨가 좋을 땐 휠체어에 할머니를 앉혀 가까운 공원으로 산책을 돌았다. 이렇게 하면 언젠간 할머니가 예전의 모습을 되찾을 수 있을 거라 생각했다.

하지만 1년이 채 되지 않아 할머니의 건강은 급속도로 악화되었다. 영혼이 망가지면서 신체도 곧 그것을 따르게 된 것이다. 1년 전 민정이 호스를 덕지덕지 달았던 중환자실에 이제는 할머니가 각종 호스를 달고 누워 계셨다. 중환자실 유리 너머로 할머니를 지켜보던 민정이 중얼거렸다.

"할머니는 작년에 무슨 마음으로 여기서 날 매일 지켜봤어?"

'우리 손녀딸은 반드시 깨어날 거라고 생각했지.'

할머니의 목소리가 들리는 것만 같았던 민정은 그 자리에서 주저앉아 오열을 했다. 며칠 뒤 할머니의 상태가 아주 조금 호전되었다. 중환자실에서 일반병실로 할머니를 옮긴 뒤에도 민정은 매일 할머니의 곁을 지켰다. 그리고 아침저녁으로 꼼꼼하게 할머니의 손과 발을 수건으로 닦아드렸다.

"민정아……."

"하…… 할머니……!"

1년 만에 할머니가 입을 열었다.

"민정아, 할머니가 너한테 줄게 있는디……."

"할머니……! 왜 그랬어! 도대체 왜 그런 짓을 했어! 누가 할머니한테 나 살려 달라 그랬어? 도대체 왜……!"

할머니의 의식이 돌아오자 그동안 할머니를 향했던 민정의 걱정과 애정이 절규와 분노로 나타났다.

"미쳤어. 어떻게…… 어떻게 그런 선택을 할 수 가 있어. 그런 이상한 가게나 찾아가고……! 할머니가 그러면 내가 고마워할 줄 알았어?"

"민정아, 할머니 집에 가면, 자개장 안쪽에 구슬꾸러미 하나가 있을 거여……."

"아, 제발! 지금 그딴 게 뭐가 중요해! 으어어엉……."

민정은 할머니가 너무 미워서 어찌할 바를 몰랐다. 그냥 죽게 내버려 두지……. 민정은 자신의 영혼까지 난도질해 가며 손녀딸을 살려 낸 할머니가 도무지 이해가 되지 않았다.

"민정아, 오래 살다 보면 남들 눈에는 보이지 않는 희한한 것들이 눈에 들어올 때가 있더라. 할미가 좌판상에서 우리 민정이 줄라고 구슬꾸러미 하나를 샀는디……. 아무래도 그 좌판상은 보통 좌판상이 아니었던 것 같어……."

"구슬 얘기 그만하라고! 으어어엉……."

"반쪽짜리 희로애락으로는……. 아마 지금 당장은 살아가기 힘들 거여……. 그러니까 그 구슬을 찾아서……."

"아 누가 나 살려 달라 그랬냐고! 구슬이니 그딴 거 다 필요 없다고!"

"민정아……. 이 할머니는……."

"몰라!"

결국 감정을 추스르지 못한 민정이 병실 문을 박차고 나가 버렸다. 그날 밤 할머니는 병실에서 홀로 세상을 떠났다.

할머니의 장례를 치른 뒤, 부모님은 민정에게 이제 그만 학교로 돌아가라 말했다. 1학년 2학기 때 혼수상태로 입원했던 민정은 두 달 만에 깨어났지만, 할머니의 간병으로 1년째 학교로 돌아가지 않은 상태였다. 하지만 부모는 그런 민정을 지난 1년 동안 한 번도 몰아세우지 않았다. 자신 때문에 할머니가 그리되었다며 자책감에 시달리는 딸아이를 억지로 학교에 보낼 순 없었기 때문이다.

그런데 이젠 할머니가 돌아가셨으니 부모는 더 이상 민정의 복학을 미룰 수 없었다. 민정의 부모는 딸이 괴롭힘을 당했던 기존 학교로는 차마 다시 보낼 수 없어 다른 학교로 전학을 보내려 했으나, 민정이 괜찮다며 그냥 원래 자신이 다니던 학교로 돌아가겠다고 했다. 하지만 민정은 부모의 배웅을 받으며 교복을 입고 집을 나선 뒤, 학교로 가지 않았다.

혼자 버스를 타고 서울 할머니 집으로 간 민정은 1년 동안 사람이 살지 않아 온기가 전혀 남아 있지 않은 할머니의 집이 낯설게 느껴졌다. 이곳엔 더 이상 할머니의 냄새조차 남아 있지 않았다. 민정은 곧 거실을 가로질러 안방으로 들어가 자개장 문을 열었다. 곧 퀴퀴하고 눅눅한 곰팡내가 민정의 코를 찔렀다. 냄새가 나는 이불들을 들어내자 자개장 구석 모서리에 있던 구슬꾸러미 하나가 눈에 들어왔다. 신기하게도 구슬이 담긴 가방은 곰팡이가 전혀 피지 않았다. 민정은 구슬이 담긴 손가방을 조심스럽게 열어 보았다. 안에는 사용설명서 같은 종이가 한 장 들어 있었다.

기회를 주는 구슬 사용법

1. 손바닥 위에 구슬을 올려놓는다.

2. 기회가 한 번 더 주어졌으면 하는 과거를 떠올린다.

3. 구슬 안에 그날의 영상이 떠오르는 순간, 구슬을 쥔다.

주의사항

* 구슬은 타인에게 양도할 수 있다.
* 첫 구슬의 사용자는 다른 이의 시간의 흐름에 구애받지 않는다.
* 마지막 구슬은 모든 선택을 기억한다.

민정은 설명서와 구슬을 번갈아 보았다. 고작 이런 게 할머니의 마지막 유품이라니……. 민정은 '풋!' 하고 웃음이 날 지경이었다. 그때 문득 감정을 파는 수상한 가게도 찾아낸 할머니가 이런 장난을 칠 리 없다는 생각이 들었다.

밑져야 본전이니 민정은 구슬 하나를 가방에서 꺼내 자신의 손바닥 위에 올려놓았다. 그리고 곧 자신이 투신했던 그날을 떠올렸다. 그날 자신이 옥상에서 투신만 하지 않으면 할머니는 여전히 살아 계실 것이다. 구슬에 그날의 영상이 떠오르자 민정은 곧바로 구슬을 쥐었다.

걸레- / 나쁜 년……! / 죽어 버려! / 자살해-

핸드폰 대기화면으로 줄줄이 뜨는 문장들을 보자 민정의 두 손이 떨리기 시작했다. 민정은 그길로 가장 가까운 상가 옥상으로 올라가 또다시 몸을 던졌다.

그날의 민정은 할머니의 반쪽짜리 희로애락마저 없던 시절의 민정이었기에 친구들의 괴롭힘을 감당할 심지가 없는 아이였다. 결국 민정은 시간을 되돌려 과거로 돌아갔음에도 그때와 같은 선택을 해 버리고 만 것이다. 민정은 구슬을 사용해 기회가 한 번 더 주어졌음에도 투신을 했고, 할머니는 이번에도 행복을 팔았다. 그렇게 구슬은 9개가 남았다. 민정은 생각했다. 이 구슬의 효용가치와 부작용을 먼저 확인해야겠다고.

이후 민정은 집으로 돌아가지 않고 그냥 할머니 집에 계속 머물렀다. 고향 동네에서 구슬을 팔았다간 아는 사람을 만날 것 같았고, 그렇다고 할머니와의 추억이 가득한 이 동네에 흉흉한 소문을 남기고 싶지도 않았다. 결국 민정은 버스를 타고 신림동으로 향했다. 수상한 가게가 있는 동네에 수상한 소문 정도야 무슨 대수겠는가.

민정은 스스로 수상한 소문을 흘리며 사람들에게 접근해서 기회를 팔기 시작했다. 친구의 생일날 망신을 당했던 중학생에게, 반려동물이 세상을 떠나 슬픔에 잠긴 꼬마에게, 진정한 사랑을 볼 줄 모르는 대학생에게, 자식의 훈육을 후회하는 엄마에게, 성형부작용으로 인해 괴로워하는 여고생에게, 귀인을 알아보지 못하는 여인에게, 오점의 가치를 알지 못하는 사회초년생에게……. 그들 모두 하나같이 자신에게 기회가 한 번 더 주어진다면 자신은 더 나은 선택을 할 거라 확신했다. 하지만 기회가 한 번 더 주어졌을 때 전보다 삶이 더 나아진 이는 많지 않았다.

그러던 어느 날 민정은 한 택배기사를 만났다. 그는 자신과 똑같은 불가항력으로 인해 같은 선택을 하게 되었음에도 자신의 선택을 후회

기회를 파는 소녀

하지 않았다. 택배기사를 보며 민정은 깨달았다. 구슬 10개, 아니 100개를 써서 시간을 되돌린다 한들 할머니는 끊임없이 자신을 살려 낼 것이라는 걸.

마지막 구슬 하나를 남겨 두고 민정은 생각했다. 자신에게 필요한 기회는 오직 그 순간뿐이라고. 민정은 구슬을 손바닥에 올려놓은 뒤 그날을 떠올렸다. 곧 구슬 안에 그날의 영상이 떠올랐고, 민정은 슬며시 손을 쥐었다.

"똑똑-!"

방금 전 악을 쓰며 뛰쳐나갔던 민정이 5분도 채 되지 않아 병실의 문을 두드렸다.

"할머니, 나야 민정이……."

"……너는 방금 전 뛰쳐나간 내 손녀가 아니구먼……."

"할머니 손녀는 맞지. 방금 전 뛰쳐나간 애는 아니지만……."

"기껏 구슬을 써서 되돌려 온 순간이 여기여……?"

"응."

"아직 구슬 남았제? 얼른 되돌아 가. 가서 더 귀한 데 써야제……."

"이게 마지막 구슬이야."

민정은 텅 빈 손가방을 할머니에게 들어 보였다.

"아이고……. 왜 그랬어……."

"아 맞다, 나 할머니한테 줄 거 있어."

"뭐여……."

"구슬로 시간을 되돌렸더니, 역시나 전부 사라져 버렸지 뭐야. 목도리, 팔찌, 꽃브로치 등등 전부 다. 근데 딱 하나만 안 사라졌어. 은반지."

"이거는 좌판상에서 팔던 그 은반지 아녀……? 근디 이건 두 짝씩밖에 안 파는 건디……."

"내가 이 은반지 주인을 만날 일이 있었거든. 그래서 할머니 주려고 구슬이랑 바꿔 왔어."

민정은 할머니의 손가락에 반지를 끼워 드렸다. 할머니는 그것을 한참 동안 바라보았고, 햇살에 부딪힌 반지가 스스로 반짝이기 시작했다.

"곱구먼……."

"할머니 마음에 들 줄 알았어."

"근데……. 근데…… 왜 하필 지금이랴. 하고 많은 순간들 중에……."

"나 할머니한테 못한 말이 있어서……."

"뭔디 그랴."

민정은 할머니의 두 손을 맞잡고 할머니와 눈을 맞추었다. 그리고 할머니를 향해 싱긋 웃었다. 민정의 양쪽 두 눈망울에 눈물이 한가득 맺혔지만 그것은 조금도 슬픈 표정이 아니었다.

"할머니, 난 할머니가 내 할머니라 정말 너무너무 행복했어. 그리고 할머니의 행복을 내게 나누어 줘서 고마워. 게다가 두 번씩이나 날 살려 준 것도 고마워요⋯⋯. 오늘 밤엔 내가 끝까지 할머니 곁에 있을게요."

"⋯⋯."

"할머니, 사랑해."

기회를 파는
소녀